用生命诠释

忠诚

——首届中央监察委员会牺牲者寻访

长江日报编辑部 著

人民出版社

目　录

前　言

2017年是首届中央监察委员会成立90周年。6月，长江日报发起大型采访活动，记者分赴北京、上海、广东、江苏等地，寻访首届中央监察委员会8位烈士的事迹和后人，展现他们忠诚于党、舍生忘死的革命献身精神。

1927年，是中国革命史上具有特殊意义的一年。对于年轻的中国共产党和中国革命，这是辉煌与巨大的挫折交替的时期，也是牺牲与奋斗交织的时期，更是探索中国革命正确道路的转折时期。4月12日，蒋介石在上海发动"四一二"反革命政变，向共产党员和革命群众举起了屠刀，白色恐怖迅速波及全国，革命者的鲜血染红了大地。面对国共合作破裂，国民革命失败，很多人面临选择：高官厚禄、性命保全，或者艰险困苦、流血牺牲。

在革命的危急关头，1927年4月27日至5月9日，中国共产党第五次全国代表大会在武汉召开。正是在这次大会上，选举产生了首届中央监察委员会，这是党的历史上第一个纪律检查机构，具有重大开创性意义，影响深远。

首届中央监察委员会由委员7人、候补委员3人组成。他们分别是：委员王荷波、杨匏安、许白昊、张佐臣、蔡以忱、刘峻山、周振声；候补委员杨培生（又名杨培森）、萧石月、阮啸仙。王荷波任中央监察委员会主席，杨匏安任副主席。在随后的革命斗争中，首届中央监察委员会的10位成员，短短八年间先后有8人英勇牺牲，1人失踪，只有1人见证了新中国的成立与发展。

牺牲的8位首届中央监委委员中，有2人是在战斗中献身，有6人遭叛徒出卖被捕就义，无一叛党。牺牲者平均年龄34岁，年纪最大的45岁，最小的21岁；有1人没有子女，1人孩子在革命辗转中失踪。主席王荷波被叛徒出卖，在狱中受尽酷刑，但始终坚守党的秘密；副主席杨匏安被捕后，面对国民党的高官厚禄引诱不为所动，甚至摔掉蒋介石的劝降电话，慷慨就义。萧石月当选候补委员仅19天，就牺牲在战场上；张佐臣是杨培生的入党介绍人，两人同时被捕，一同高唱《国际歌》从容就义。

　　8位牺牲者秉持坚定的共产主义信仰，用自己的生命谱写了热血忠诚的红色壮歌。烈士牺牲后，他们的名字始终被历史铭记，他们的忠诚与献身精神在后人身上传承，在他们的出生地、工作地和牺牲地被人们纪念、弘扬。

王荷波

狱中嘱托后人别走与他相反道路

　　请求党组织对我的子女加强革命教育，教育他们千万别走和我相反的道路。

　　王荷波（1882—1927），福建闽侯人。1922 年 6 月加入中国共产党。1923 年 1 月到郑州出席京汉铁路总工会成立大会，组织津浦路沿线工人举行罢工。同年 6 月，在中共三大上，被选为中央执行委员，后补选为中共中央局委员，任中共上海区执行委员会委员长。1925 年 1 月在中共四大上当选为中央候补执行委员，5 月当选为中华全国总工会执行委员。1927 年 5 月在中共五大上当选为首届中央监察委员会主席，8 月当选为临时中央政治局委员，任中共中央北方局书记。同年 10 月 18 日，在北京被捕。11 月 11 日深夜被杀害。

2017 年 6 月 5 日，午后，北京八宝山革命公墓，鸟声如洗。

70 岁的赵迪伫立在外祖父墓碑前，抬头仰望高大墓碑上镌刻的"王荷波等烈士之墓"几个大字，仿佛仰望外祖父高大的身影。

这身影穿越 90 年的历史烟云，在他的眼前愈来愈清晰。他缓缓侧过身，对赴京采访他的长江日报记者说："姥爷就义前，在狱中给家人留下的唯一嘱托，就是请求党组织对他的子女加强革命教育，教育他们千万别走和他相反的道路。现在，可以告慰他老人家的在天之灵了，他的后人一直在沿着他的足迹前行。"

周恩来指示寻找王荷波遗骸

1927 年 5 月，王荷波在武汉召开的中共五大上，当选首届中央监察委员会主席。在随后召开的汉口"八七"会议上，他被选为临时中央政治局委员，担任中共中央北方局书记，领导顺直、山东、满州、山西及内蒙等地党组织。

同年 10 月，由于叛徒出卖，他在北京被捕。一个月后，45 岁的他被敌人秘密杀害于北京安定门外，抛尸荒野。

1949 年，北京刚解放不久，周恩来总理在指示修建八宝山革命公墓时，向时任北京市副市长吴晗提出要组织力量寻找王荷波的遗骸。北京市根据周恩来的指示下达了《关于寻找王荷波等同志遗骸的通知》，并成立了专门的工作组。

王荷波就义已有 20 多年，工作组通过异常艰难的查找，终于从北洋政府时期京师警察厅一则档案中，查找到记载王荷波等 18 位烈士在安定门外箭楼东侧就义的情况。

工作组又找到当地几位老人，掌握了烈士遗骨掩埋的准确地点。经过三天挖掘，终于找到了烈士们的遗骨。因为王荷波长得十分高大，骨架粗大，遗骨中有一具明显大于其他烈士的遗骨，加上找到一只皮鞋，是他生前经常穿的那种，且尺码也相符，因此被家属确认。

1949 年 12 月，由周恩来总理亲自主祭，王荷波遗骨被移葬八宝山革命公墓。

王荷波生前育有一子二女。儿子王夏宁死于

1937 年的南京大屠杀，年仅 18 岁。抗战初期，两个女儿被周恩来派人接到延安，在延安学习成长，并参加革命。新中国成立后，两个女儿分别定居南京和北京，现均已离世。

赵迪是王荷波小女儿王修竹的长子，退休前系企业职工。王荷波牺牲时，王修竹还是个三四岁的孩子，关于王荷波的事迹是她到延安后，听王荷波当年的同事、战友所说，其中也包括周恩来。

"听母亲说，连周恩来总理都尊称姥爷为'大哥'"，赵迪指着一张家藏的王荷波照片说，这张照片曾一直挂在家中。照片中的王荷波蓄着胡须，脸庞略显清瘦，双目炯炯有神。

在长期革命斗争中，王荷波和周恩来结下了深厚的革命友谊。在 1927 年 3 月上海工人第三次武装起义中，周恩来任军事总指挥，王荷波作为上海市总工会负责人之一，也参与了这次起义的组织和领导。

"姥爷比周恩来总理大十几岁，又长着大胡子，这或许是周恩来尊称姥爷为'大哥'的原因。但我认为，这'大哥'的称呼，更多的是蕴含着总理对姥爷人品的敬重"，赵迪说。

公私分明，工友赠匾"品重柱石"

王荷波的《革命烈士证明书》一直由赵迪保管。这张证书于 1983 年由中华人民共和国民政部颁发（换发）。上面的信息显示：王荷波出生于 1882 年 4 月，籍贯为"福建闽侯"。

在赵迪心目中，姥爷就是一个传奇。

位于南京市浦口区的浦镇车辆厂，前身叫浦镇机厂，这里是王荷波革命生涯的起始之地。在这里，他赢得了广大工友的信任和尊重，成为工运领袖。从出生地到就义地，从南到北，赵迪曾不止一次踏访过姥爷的革命足迹。

王荷波童年仅读过两年私塾，为了谋生，曾当过水手，在旅顺枪炮局做过机匠。1916 年，饱受颠沛流离之苦的王荷波来到津浦铁路浦镇机厂当了一名钳工。直至 35 岁时，他才在这里娶妻成家。

赵迪说，姥爷慷慨无私，工友们对他十分敬重。为了替工友们争取权益，他多次带领工友与厂方作斗争，并取得一次次胜利，这使得他在工友中的威望越来越高。1921 年 3 月，他秘密筹建浦镇机厂工会，被工友们选为会长。

1922 年，王荷波加入中国共产党。随后的革命生涯中，他组织和领导了一系列声势浩大的工人运动。

"这时的姥爷已经从自发进行经济斗争的劳工领袖，成长为在党的领导下进行自觉政治斗争的工运领袖。这也恰恰说明，工人阶级只有从自发到自觉才能将革命进行到底"，赵迪说，"在担任工会领导工作中，姥爷遵守章程、严以律己、办事公正、公私分明，而且账目清楚，从不乱花大伙的一文钱，深得群众信赖。"

"工人们把满脸胡须的姥爷，亲昵地称呼为'王胡'，在他 40 岁生日时，工友们送他一块牌匾，上题'品重柱石'4 个大字"，赵迪深有感触地说，"这 4 个字体现了工人兄弟对姥爷的崇敬和爱戴，共产党人和群众打成一片，为群众谋利益，就会获得群众拥护。"

赵迪认为，自身清廉，一尘不染，在群众中具有崇高威望，或许是王荷波当选首届中央监察委员会主席的原因。

遭遇严刑拷打，也不透露半点党的机密

"我常想，姥爷就义前为什么要给后人留下那句唯一嘱托，其实，答案就在其中"，赵迪说。

小时候，赵迪一直把姥爷和周恩来在一起干革命的故事，作为向小伙伴炫耀的资本，觉得姥爷要是能活到革命成功，一定会是级别很高的"大官"。但长大后，他渐渐明白了，姥爷当年之所以为党的事业和人民的解放牺牲生命，是因为他对党忠诚、对信仰执着。他参加革命的动机决不是为了将来自己能做大官，让子孙享受荣华富贵。

安定门外是王荷波等烈士被敌人秘密杀害之地。赵迪曾数次试图寻找当年刑场遗迹，无奈由于历年城市变迁，未能如愿。

在北洋政府警察厅关于王荷波等被捕情况的原始报告档案中，赵迪看到，王荷波被捕后，在初审时称自己叫汪一喜，江西人，在上海经营西服店。后经叛徒指认，他仅承认了真实姓名和叛徒指认的身份，而对党的机密，无论敌人怎样严刑拷打，始终没有透露半个字。

敌人的档案，无声地记录着一位杰出的中国共产党早期领导人对党的忠诚和坚贞不屈、慷慨赴死的豪迈。在赵迪眼中，姥爷不仅是一个传奇，更是一位顶天立地的大英雄。

在北京八宝山革命公墓，离王荷波烈士墓不远，寄存着王荷波五弟王凯的骨灰，兄弟俩年龄相差19岁。王凯曾长期从事党中央地下机关的秘密交通工作，早在1927年武汉大革命的时候，就任中共中央秘书厅交通科科长，新中国成立后，曾担任国务院机要交通局局长。

王凯的女儿王皓光告诉长江日报记者，王荷波兄弟五人，他是老大。四个弟弟中除一人早逝外，其他三个都在他的带领下参加了革命。

"父亲生前曾一再叮嘱我们，每年清明，不管发生什么事情，一定要去为大伯父王荷波扫墓，要继承大伯父的精神，不要违背他的遗愿"，王皓光说，大伯父虽然牺牲得早，但他的言行对父亲的影响很大。"大伯父牺牲后，父亲也被国民党逮捕，在监狱中关押了十年。面对敌人的威逼利诱，父亲没有改变自己的信仰。"

女婿任职电信总局却不先装家用电话

家住福州的王更生是王荷波三弟王介山之子。王介山于1983年逝世，生前曾任福州市西湖公园管理处主任。王更生向长江日报记者介绍说，上海工人武装起义失败后，大伯父王荷波从上海去武汉参加中共五大，父亲也一起赴汉，担任党的"地下交通员"。

王更生回忆说，他退伍时，本想到父亲王介山的单位搞摄影，没想到却被父亲一口拒绝，最后到工厂当了一名工人，直至退休。

"公私分明，不占公家一分一厘，我们从小就受到这样的教育"，王更生记得，20世纪70年代，父亲管理的公园恢复举办菊花展，每张门票9分钱，一些亲朋好友找他索票，父亲自掏腰包购买了100多张票，赠送给他们。此后，每届都是这样。

赵迪的父母生前都是离休干部，父亲曾任电信总局副局长。赵迪说，父母从来不为家人行使特权，从小到大，他们兄妹几个没沾过这个"革命家庭"半点光。

有两件小事，赵迪至今记忆深刻。一是父亲从不用公家的车办私事，平时上班都是骑自行车。二是直到家用电话基本普及，家里一直没有安装过电话。父亲说，按规定不能装就不能开这个口子。

"母亲1939年参加革命，离休前是邮票厂的普通科员，她从未向组织提出过任何要求，还经常鼓励我们，自己的路要靠自己走"，赵迪说，"所谓家风不是刻意教育出来的，而是父母在日常生活中通过一言一行传下来的。"

"千万不要走与党和人民相反的道路，这不仅是父母，也是我们这些后人对姥爷临终遗言的理解"，赵迪说，"姥爷留给我们最大的精神财富就是四个字——'干净''忠诚'！"

记者手记

两次采访王荷波后人
找到烈士生死抉择的答案

　　当报社把采访王荷波后人的任务分配给我时，我格外兴奋，觉得这似乎是最好的安排。

　　武昌都府堤中共五大会址纪念馆前面，有一处闹中取静的小公园——武昌廉政文化公园。公园里有一组人物群雕。是首届中央监察委员会全体成员的全身雕像，站在中间，个子高挑，着长衫、蓄胡须的就是首任主席王荷波。

　　我住的地方离这个公园步行约10分钟的路程，闲来去公园散步时，远远就能望见这组雕塑。

　　雕像基座上刻录着每个人物的名字和生卒年份。我发现这10人中，有8人牺牲，牺牲时大多三四十岁，正值英年。

　　我曾从事文化报道多年，但8位烈士中，多数人的名字对我来说是陌生的。这是一个怎样的革命烈士群体，他们各自有着怎样的人生经历？面对敌人的屠刀，他们可以选择活下来，为什么抛家舍子、慷慨赴死？多年以来，每每看到这组雕塑，这样的疑问一直萦绕心头。

2017 年 5 月，话剧《王荷波》在汉公演，举办方从福州邀请王荷波侄子王更生先生来汉观演，我被安排采访王先生。由于采访时间只有开演前的不到 20 分钟，当日采访并不深入，所得素材有限。

没想到不久后，报社策划推出寻访 8 烈士后人的大型报道，并再次安排我采访王荷波后人。因为有了上次的采访经历，我很快掌握线索，并联系上了居住在北京的赵迪先生。

70 岁的赵迪先生是王荷波的长外孙。采访是在他家附近一家酒店大堂咖啡厅进行的。当时接受采访的还有王荷波五弟王凯的小女儿王皓光女士。她和赵迪年纪相仿，却是长辈。

王荷波牺牲时，赵迪的母亲也才三四岁，他没有能从母亲那得到关于王荷波的更多记忆。整整一个上午的采访，赵迪一再强调：他对外祖父的认识和了解，是伴随着自己的成长一点点清晰起来的。

"请求党组织对我的子女加强革命教育，教育他们千万别走和我相反的道路。"这是王荷波就义前留下的唯一遗嘱。"姥爷生前为什么要留下这样的遗嘱？"

从小时候一直把姥爷和周恩来干革命的故事，作为向小伙伴炫耀的资本，到长大后逐渐明白，姥爷为什么要以必死的决心去从事他认为正确的事情。赵迪说，他终于找到了答案：那是因为他们有崇高的信仰，并愿意为信仰牺牲一切。

王荷波等烈士的墓碑连基座约有10米高，在整个八宝山革命公墓墓园内，显得格外高大。赵迪带我们进入墓园，他伫立在高大的墓碑前，久久仰望墓碑。从赵迪仰望墓碑的眼神和身影中，我也找到了自己的答案。

（记者蒋太旭）

共产国际第五次代表大会中国代表合影

1924 年初夏，罗章龙（右）、王荷波（中）、姚佐唐（左）在苏联合影

位于北京八宝山革命公墓的"王荷波等烈士之墓"墓碑

杨匏安

牺牲后四个儿子都走上革命道路

再苦再危险，我们也要革命到底。

杨匏安（1896—1931），广东珠海人。早年赴日本求学，建党前就在华南地区传播马克思主义。1921 年入党，是中国共产党正式成立前的党员之一。第一次国共合作以后，受党委派主要在国民党中任职，曾在国民党中央担任过第二届中央委员、中央组织部秘书和代部长。1927 年春，他到武汉参加中共五大，当选为首届中央监察委员会副主席，同年 8 月以中央监察委员会委员身份出席"八七"会议。在汉期间，杨匏安做了大量统战工作。1928 年赴上海工作。1931 年 7 月被捕后，多次拒绝了国民党元老们高官厚禄的利诱和蒋介石的亲自劝降，8 月被秘密杀害于上海。

　　作为我国最早系统宣传马克思主义的革命先驱，杨匏安与李大钊并称"南杨北李"。1927年，中共五大在汉召开，杨匏安当选首届中央监察委员会副主席。

　　1931年，年仅35岁的杨匏安在上海被国民党杀害。他就义后的许多年间，周恩来经常带着深情讲述他的动人事迹，并用他"为官清廉，一丝不苟，堪称楷模"的品德来教育大家。

　　2017年6月9日，长江日报记者前往珠海专访了杨匏安的儿子杨文伟。

每月薪金大部分都交给了党

　　杨匏安1896年出生于珠海南屏北山村一个破落的茶商家庭，他的成长，适逢中国社会经历剧变。杨匏安对社会激变过程中的种种黑暗非常厌恶失望，不断思索国家和人民的出路。1919年，"五四"运动开始后，他认定了只有马克思主义才能救中国，他翻译写成了包括《马克思主义》一文在内的《世界学说》，成为华南地区传播马克思主义的第一人。

88岁的杨文伟是杨匏安最小的孩子，父亲去世时他才两岁。谈及父亲的才华与胆识，他告诉长江日报记者："我祖母是个大家闺秀，知书达理，还可以双手写书法。她一辈子生过9个孩子，最后只有我父亲一个人活了下来，所以她很重视对这唯一一个孩子的教育，我父亲很小的时候就是远近闻名的神童了。"

1921年春，杨匏安由谭平山介绍加入了中共广东早期组织。1923年，中共三大在广州召开，决定实行国共合作，共同进行国民革命。他又受中共中央委派参加了国民党的改组工作，此后三年间任国民党中央第二届执行委员、中央组织部秘书和代部长。他身为国民党"高官"，却没有借机敛财，而是以此身份大力发展中共组织和工农运动。

"他那时一个月的薪金有300多大洋，足以买田、买地。但他把绝大部分钱都交给党作活动经费，只留下极少的一部分作为家用。因此，我们家里也就不可避免地清贫、困难了，家人都必须去做工贴补家用"，杨文伟回忆道。

省港大罢工时，杨匏安还当过广东政府财政部的代表，管理大量钱财。当时常有人上门送礼，他从不许家人接受。一次省港大罢工委员会发放捐款后，留在杨家的袋子里剩下一枚硬币，只值一两毛钱，孩子们捡到后拿着玩。杨匏安发现后马上严肃地对他们说："这是公家的钱，一分一文都不能要。"接着，他又让孩子们马上把这枚硬币送回罢工委员会。

受到不公正处分，仍表示"公忠不可忘"

第一次国共合作并不一帆风顺，国民党内右派势力一直在争夺权力，排挤、打击共产党人和国民党左派。1926 年，杨匏安被迫辞去国民党中央组织部秘书职务，但依然继续坚持斗争，勇敢地抗击国民党右派。1927 年春，他到武汉参加中共五大，当选为中央监察委员会副主席。同年 11 月，在共产国际"左"倾错误理论指导下，杨匏安受到不公正处分，被撤销中央监委委员之职，生活困窘，他仍表示"公忠不可忘"。

中央机关迁离武汉后，杨匏安一直以普通党员身份在上海做地下工作。他全家有十多口人，自己又患肺病，所领的有限生活费难以维持日用，七个儿女有两个因病缺医而早夭。

"父亲白天在党报秘密机关当编辑，晚上写作、译书赚稿费贴补家用。那时出版革命书籍发行困难，稿费很低，他还要经常帮家人推磨做米糍，让祖母和哥哥姐姐们清晨上街叫卖"，杨文伟透露，"家里那时的很多生活费用，其实是靠祖母和我母亲一分一分挣来的。"

在上海期间，杨匏安一家的生活不仅艰难而且充满危险。他的母亲担任机关掩护，失学的孩子们则承担起发送进步传单书报的工作。家里每个人口袋里只装两毛钱，杨匏安还规定这笔钱平时不得动用，在机关暴露或与组织失去联系时才可用于买食物。

1930年杨匏安被捕后，周恩来冒险到家中探望，杨母很受感动，却坚决不许儿子的这位友人再来。后来，杨匏安因未暴露真实身份而获释回到家中时，有人说起："我们做这些事，又穷又危险，小孩子没有书读，上街也提心吊胆的。"他却坚定地回答："再苦再危险，我们也要革命到底。"他的母亲马上说全家都支持你。这一幕，成为杨匏安几位子女记忆中最为深刻的一笔。

摔掉蒋介石劝降电话，就义前留下绝笔诗

1931 年 7 月，杨匏安再次在上海被捕。在狱中，杨匏安面对国民党的高官厚禄的引诱，宁死不屈。蒋介石甚至亲自出马劝降，杨匏安不为所动，把电话都摔了。

在狱中杨匏安也惦念家中生活，设法传出纸条叮嘱"玄儿不可顽皮""缝纫机虽穷不可卖去"。因为这个缝纫机是家中唯一的谋生工具。杨匏安还告诫家人，千万不能接受国民党要人送的钱物，如不能生活下去就立即南返。

"实际上广东老家已经没有任何财产了，但父亲在遗书中只字不提让家人去找党组织，因为他怕给组织增添负担"，杨文伟老人说起那段历史非常沉痛，"当时母亲病重，无奈之中甚至想把我给卖掉，后来因为我的哭闹和祖母的坚持，此事才作罢。"

虽然已是 88 岁高龄，杨文伟老人仍能背诵父亲就义前在囚车中口诵的那首诗——《示难友》。这首诗引据南北朝时褚渊出卖袁灿之事，告诫人们明辨忠奸："慷慨登车去，相期一节全；残生无可恋，大敌正

当前；知止穷张俭，迟行笑褚渊；从兹分手别，对视莫潸然。"

杨匏安牺牲后，他的家人也都走上了革命道路。长子杨玄由周恩来送去参加革命工作；二儿子杨明1938年在武汉找到周恩来，随后去了延安；三儿子杨志也被党组织送去延安参加革命；最小的儿子杨文伟则被祖母、姐姐杨绛辉等带到香港，继续为党收集、传递情报。

"1945年，广东党组织找到了我，把我送到东江纵队。因为有在香港从事无线电台工作的经历，组织就分配我在部队做电台机要工作"，杨文伟告诉长江日报记者，"因为长年从事电台工作，我听力不太好了。"

后来，杨文伟在福建与战友郑梅馨结婚。不管时代如何变化，夫妻两人都把"清白做人、认真做事、坚持读书"作为家里最重要的教育信条。"恢复高考第一年，我们家就有两个孩子同时考上大学，这在当时很轰动"，85岁的郑梅馨回忆。

离休后，杨文伟带着家人回到珠海定居。"我们一大家子人，总算有个人回到了家乡，父亲应该会很高兴"，6月9日，在珠海南屏北山村那座古老的杨氏宗祠里，杨文伟拄着拐杖，抬头望着墙壁的族训"忠孝廉节"，喃喃自语。

家乡小学每年评选"杨匏安之星"

"在珠海，我父亲的雕像大概有七八座，但香炉湾畔的这一尊铜像是最传神的"，6月10日清晨，冒着霏霏细雨，杨文伟、郑梅馨夫妇带领长江日报记者前往海边，瞻仰伫立在这里的杨匏安烈士雕像。

这座建于1986年的雕像高约四五米，人物造型细腻，杨匏安手执烟斗，凝神沉思，狂风卷起他的长衫、围巾，显示出一派坚守傲骨、为真理献身的英雄气概。

"负责创作这座雕像的是著名雕塑家潘鹤，著名的珠海渔女雕像就是他的作品。潘鹤是我父亲的表弟，想必他在创作这尊雕像的时候，一定是倾注了跟别人不一样的情感。"杨文伟老人感叹。

"1986年，我们家四个兄弟在分离了50多年后，第一次见面就是在这里。后来二哥、四哥在外地去世，骨灰都送回了珠海，就埋在这里的树下，永远陪伴着父亲"，杨文伟老人给我们指点着雕像右后方的两棵柏树。没有墓碑，甚至没有任何标识，杨匏安的两个儿子就静静长眠于此。

沉默片刻，杨文伟老人告诉我们："我们这个家庭确实不太一样，很多人埋在哪里都已经不知道了。父亲是被枪杀的，母亲去世时只有年纪尚小的姐姐在身边陪伴，祖母在香港去世，哪里还能找到他们的归处。"

2003年，杨匏安老家珠海南屏北山村的北山小学，正式更名为杨匏安纪念学校。6月9日，长江日报记者走进这所学校，一座杨匏安半身雕像竖立在美丽的校园中央。该校教导主任黄晓华告诉我们："学校不仅有关于杨匏安的红色课程，教育孩子们学习他坚韧不拔、公而忘私的精神，每年还会评选'杨匏安之星'，标准就是以德优先。"

在杨匏安纪念学校不远处，还有一座建于2011年的杨匏安陈列馆。这座百余平方米的仿古建筑里，近百块展板和十余件文物复制件，向人们讲述着杨匏安的故事。这座陈列馆的创建者是从外地来的企业家薛军，我们前去采访当天，他正与公司员工在这里上红色党课。"杨匏安在中国共产党历史上是有重要地位的，他也是北山村最重要的红色资源，所以我们一来到这里，就决定要为他建造一座陈列馆，成为人们学习红色精神的场所"，薛军说。

作为杨匏安唯一在世的子女，88岁的杨文伟和妻子郑梅馨一起，正在继续发掘更多史料，希望让父亲的精神能够走得更远。珠海市青年志愿者协会执行副会长陈铮眼下正与他们合作，筹划排演一部以杨匏安为主题的话剧，他说："查阅史料的时候，我好多次都感动得想流泪，杨匏安应该被更多人知道。"

记者
手记

走进杨匏安革命家庭
两个儿子葬在父亲雕像后的树下

6月9日清晨，我和摄影记者胡冬冬一起前往珠海，踏上寻访首届中央监察委员会副主席杨匏安革命足迹之旅。那座城市不仅是杨匏安烈士的故乡，如今，他唯一在世的儿子——88岁的杨文伟老人，和85岁的老伴郑梅馨也在那里过着平静的晚年时光。

在我不算太短的工作生涯里，对革命烈士后人的采访有过很多次。然而，这却是我第一次真正走进一位革命者的成长土壤，去试图理解信仰和忠诚是如何影响着他和一个大家庭的命运。

在采访资料准备阶段，我们得到了武汉文史专家赵晓琳的大力协助，她与杨文伟老人一家是旧识。接到我们的预约采访电话，杨文伟老人的大儿子杨峻先生不仅告知了详细的家庭地址，还表示愿意陪同我们去几个对了解爷爷杨匏安有重要意义的地方。

后面的采访过程幸运得出乎意料——在我们入住的酒店周边几百米，分布着杨氏宗祠、杨匏安陈列馆、杨家老宅；再远一点，还有一所以杨匏安命名的纪念小学。

　　冒着南方的酷暑，年过八旬的杨文伟、郑梅馨夫妇从家里赶来，坚持要带我们四处走走看看。那些早已载入史册的人物与事情，从当事人嘴里说出来，每每令人落泪。

　　"我祖母出生于大户人家，她一辈子生了9个孩子，除了我父亲杨匏安，别的子女全都早夭。她重视教育，培养我父亲成为了远近闻名的才子，可是他也在35岁就牺牲了。"在杨家人心里，杨匏安的母亲陈智是一位伟大的女性，"父亲在上海去世后，祖母忍受着巨大悲痛，带领着一大家子近十口人活了下来，而且继续支持革命。"

　　在生命的最后时刻，杨匏安面对亲自出马劝降的蒋介石，一身硬气地直接摔掉电话。而对老母亲和7个孩子，他充满了温情。杨文伟老人至今还清晰记得父亲从狱中传出的小纸条上的叮嘱，"玄儿不可顽皮""缝纫机虽穷不可卖去"。

　　杨匏安牺牲后，他的子女们都走上了革命道路。1986年，杨匏安在珠海香炉湾的雕像揭幕，杨家四个兄弟在分离了50多年后才首度见面。"我们一大家子很多人都因为革命，连尸骨在哪里都不知道。后来二哥、四哥在外地去世，骨灰送回了珠海，就埋在父亲雕像背后的树下，永远陪伴着父亲。"当杨文伟老人云淡风轻说出这么沉重的人生离合时，我们一时只能沉默以对。

在离开珠海前，我问郑梅馨奶奶："您觉得他们为什么能做这么多伟大的事情？"这位85岁的老人回答我："可能真的是有一种基因吧，信仰，也是一种基因。"

（记者欧阳春艳）

1925 年，杨匏安（右一）与陈延年（右二）等合影

1924 年，杨匏安（后排右二）与彭湃（前排右二）、何香凝（前排中）等合影

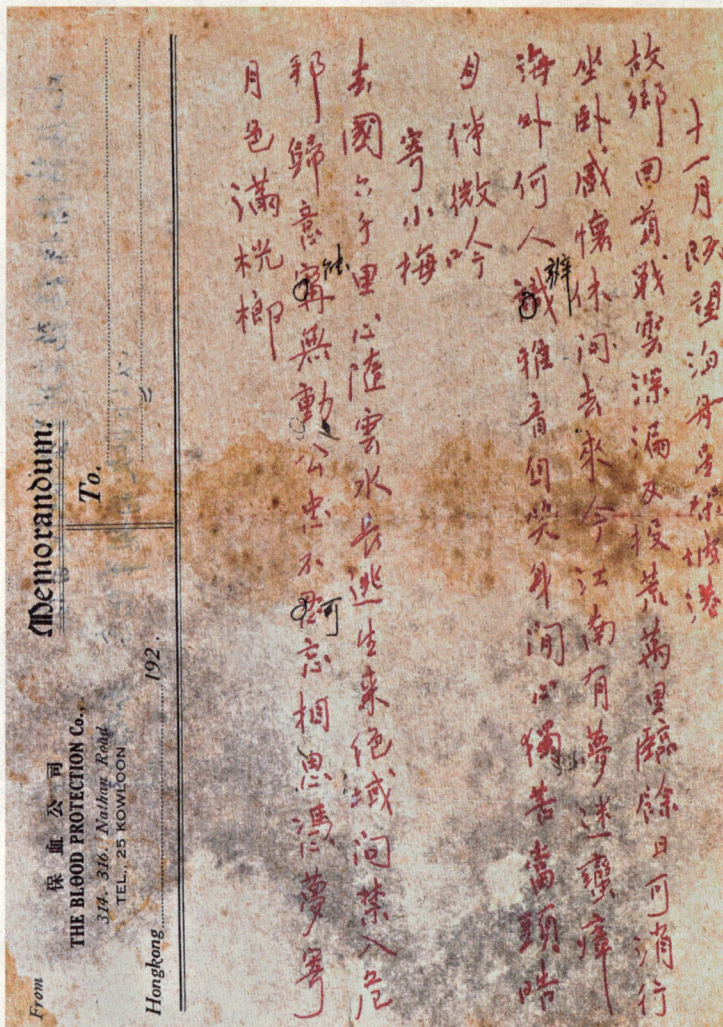

杨匏安诗稿手记《寄小梅》

许白昊

后人每年清明诵家训

「决当做中国有用之人」

决当做中国有用之人。

　　许白昊（1899—1928），湖北应城人。1921 年年底，在上海参加中国劳动组合书记部的组织工作。随后赴莫斯科，出席次年 1 月召开的远东各国共产党第一次代表大会。1922 年春加入中国共产党，5 月出席在广州召开的第一次全国劳动大会，随后调中国劳动组合书记部武汉分部工作，组织领导了不予铁厂、京汉铁路大罢工，是中国共产党早期著名的工人运动领袖。1926 年 10 月湖北省总工会成立，许白昊任秘书长。1927 年在武汉召开的中共五大上，被选为首届中央监察委员会委员、中央工人运动委员会委员。大革命失败后任中共上海总工会党团书记兼总工会组织部长。1928 年 2 月 16 日因叛徒告密被捕。6 月 6 日在上海英勇就义。

6月6日是许白昊烈士牺牲纪念日。

2017年6月5日上午，大雨倾盆，许白昊侄孙、56岁的湖北应城市国税局副局长许振斌带长江日报记者来到应城市郊的国光村杨家湾。

在一栋竹林环绕的农家楼房内，许振斌指着堂屋相框里的一张老照片说："这就是我大爹许白昊，这是他做学生时的照片，也是家里留下的唯一一张他的照片。"照片里，许白昊身着长衫，面庞英俊。

把两个弟弟接到武汉参加革命

1899年，许白昊出生在应城国光村杨家湾。他出生的老屋保留到20年前，直到许振斌的兄弟姊妹在原址建了现在这栋楼房。

1917年，许白昊离开杨家湾到武昌的湖北甲种工业学校求学，后来参加革命，组织工人运动，担任中央监察委员会委员，直至1928年在上海被捕牺牲，许白昊再也没有回过他出生的老屋。

"当时家里人知道大爹参加了革命，但并不知道他在做什么。大爹的父亲，也就是我的曾祖父，曾两次坐船沿汉江到汉口，其中一次见到大爹，在他那住过一个星期。许家人所有关于大爹的印象，都来自曾祖父许步赢后来的讲述。"

许白昊弟兄三人，他是老大。北伐军进入武汉后，许白昊把二弟许华明、三弟许克明接到武汉参加革命。许华明在一所学校读书；许克明参加国民革命军，成为营级军官后曾回过一次应城老家。许白昊牺牲后，家人没有了许华明、许克明的消息，此后几十年杳无音信。

许白昊的二弟许华明是许振斌的爷爷。许振斌的父亲、母亲新中国成立后参加土改，做了几十年村干部。

回家乡闹革命，数过家门而不入

长江日报记者在杨家湾见到了许振斌的母亲田桂凤老人。84 岁的田桂凤老人精神爽朗，吐字清楚。她对当年许步赢讲的许白昊扮挑水工，秘密联络工人骨干的事记得最清楚。她说，那时工友们家里都没有自来水，大伯从汉江里挑水，要上 80 多个台阶上岸，再走街串户叫卖，一天要挑 5—8 担水。"那活苦啊！"

老人说，许步赢在汉口许白昊住处看到过孩子。许白昊跟父亲许步赢讲，他们很快要北上，让父亲早点回应城去。许步赢问孩子怎么办，许白昊回答，他们有办法，不用为他担心。许白昊让许步赢回去后，湾里人要问起他，就说一概不知，相信随着时间推移，他做的事会大白于天下。

1922 年秋天，许白昊结识了汉口英美烟厂女工秦怡君，并介绍她加入中国共产党。北伐军进入武汉后，两人结婚，生得一子。许白昊 1928 年在上海被捕后，秦怡君辗转之中，孩子失踪了。

田桂凤老人说，当年许白昊曾秘密回应城矿区几次，都是晚上来晚上走，没有回过一次家，来了就下到矿井里发动工人。老人还提到一件事，那就是许步赢在汉口那一个星期，许白昊曾说资金困难，让父亲帮忙。老爹回应城后，卖掉一亩多田，还卖了一些家具和柴火，为许白昊筹钱。

在国共两党都担任过监察委员

写有许白昊传记的湖北省社科院研究员曾成贵告诉长江日报记者，最早为许白昊作传的是他的工运战友项英。1928年中共六大在苏联莫斯科召开期间，项英写了第一篇许白昊传，留下宝贵记载。

曾成贵说，许白昊作为武汉中共组织的领导成员，北伐军攻占武汉前，以个人身份在国民党中活动，担任过国民党汉口特别市党部监察委员。大革命时期，在国共两党都担任过监察委员职务，许白昊大概是第一例。

许白昊曾两度入狱。第一次被捕时毛泽东亲写中央通告，声讨军阀罪行。1924年在洛阳坐军阀吴佩孚的牢，1928年在上海坐国民党新军阀的牢。严刑逼供，丝毫没有动摇他的意志和信仰。作为省总工会财政部长，许白昊掌管着大笔经费，国共合作破裂后，社会谣传他卷款潜逃。其实，许白昊已将7万余元的现金和存折，连同往来账目，一并交给了接手的同志，他做到了公私分明，毫不含糊。

曾成贵对许白昊的品质作了概括："初心许党，

矢志不渝；扎根群众，献身工运；率先垂范，洁身律己。"他说，延安时期，毛泽东和美国记者斯诺谈话，提到湖北的 3 名共产党员，除了董必武、施洋，就是许白昊。

和项英一起藏身铁匠铺

许白昊的妻子秦怡君，是湖北最早的女共产党员之一。秦怡君 1976 年去世前曾留下几篇文字，记述她早年在武汉、上海从事革命活动，其中多处提到了许白昊。1984 年，武汉市委党史研究室的陈芳国将这几篇文字整理成《秦怡君遗稿》，发表在当年的《武汉党史资料》第 3 期上。

长江日报记者日前到陈芳国家里，见到《秦怡君遗稿》原文。陈芳国介绍说，秦怡君留下的那几篇文字是她本人手写的，存在武汉市政协的档案室里。

秦怡君原名陈凤仙，1904 年生于湖北黄陂。在英美烟厂做女工时，许白昊、项英、施洋、林育南等人发展她参加 1922 年的烟厂罢工。这是她与许白昊最初的相识。

罢工失败后，秦怡君被厂方开除。不久许白昊等人将秦怡君转移到湖南长沙清水塘毛泽东处暂住。秦怡君回忆，许白昊当时给她提来一个行李箱，还给她买了一身黑棉衣裤，将她女扮男装护送到长沙。

1923 年 2 月京汉铁路工人大罢工爆发，党组织派许白昊接秦怡君回武汉工作，秦怡君对外称为许白昊妻子。京汉铁路大罢工结束后，形势趋紧，许白昊和项英藏身一间铁匠铺楼上的房间，秦怡君有一次给他们送饭，见到两人正在玩"牛触角"，看谁力气大。秦怡君称，两人当时号称党内的"铁汉"，面对敌人四处抓捕，不得不闷在一个地方，玩起孩子的游戏。

1923 年 4 月，许白昊和林育南介绍秦怡君入党。秦怡君在德润里工作的机关，一次遭敌人破坏，敌人将秦怡君留在房子里当诱饵，许白昊来找秦怡君，上楼梯发现情况不对，赶紧说他是洗衣店的，来找这家人讨欠账，转身下楼。不料 4 个警察扑了上去，许白昊还是被押走了。

1927 年 7 月，秦怡君住院。许白昊匆匆赶来，让秦怡君带着孩子出院到乡下暂避，他和部分同志先到上海，以后再设法接她。同年 10 月，秦怡君从乡下经武汉到上海，见到许白昊。出于安全考虑，第二天两人便分别找了住处。到 1928 年 2 月许白昊被捕前，两人见面、相处的情况，秦怡君的文字里没有提到。

记者手记

在许白昊家乡听后人讲烈士故事
感受与看史料完全不同

随着采访的深入，一个有血有肉、有情有义、有坚定革命理想和牺牲精神的许白昊逐渐呈现在我面前。许白昊身上，太多地方令我感佩。写稿时，我是带着情感的，不像一般新闻稿写作，我们要求冷静，不能掺进个人情绪。

6月5日，赴湖北应城采访那天，是许白昊牺牲纪念日前一天。当天，天降暴雨。采访第一站，我们在应城市委宣传部副部长郑毅引领下，来到应城革命烈士纪念馆。

纪念馆在应城市区的一条商业街上，进到院子里，是一栋老楼。讲解员带我们到三楼，许白昊的图文资料集中在一面墙上。现在看到的许白昊图片，多是请画家根据当事人回忆画出来的。

在纪念馆，我们感受到，应城当地重视对许白昊烈士的纪念。学者专家、应城当地部门时常来这里搜集许白昊的资料。在纪念馆，我听说了湖北省社科院研究员曾成贵来这里搜集资料写许白昊的传记。

　　在应城市国税局，我见到了许白昊侄孙许振斌。从衣着到谈吐，能看出许振斌是一个很朴素、厚道的人。通过和许振斌一个多小时的交谈，听到了许多感人故事和细节，如许白昊回应城发动工人，几次过家门而不入，如在汉口扮挑水工联络工人骨干、让父亲不用担心孩子，等等，体会到革命者辗转流徙，父子分别，兄弟分离，妻离子散……革命工作艰苦凶险，这些故事活生生呈现出来，感受是与单看史料完全不一样的。许白昊直到牺牲，从没动摇过，反而更加义无反顾。

　　在许振斌的家里，也就是许白昊出生成长的地方，许振斌的母亲田桂凤老人亲口讲述了许白昊父亲对她讲的许多许白昊的故事。

　　根据讲述，许家当年有几亩田，房子前后都是竹林，修了大院子，里面种有花木，能看出这家人不同于普通农家的痕迹。许白昊父亲是有见识之人，对儿子成长一定有影响。许白昊后来只身到武昌求学，遇上大时代、大变革，投身革命，义无反顾走上革命道路。

　　回汉后，在省社科院采访研究员曾成贵，得知他写的这部许白昊传，是第一部详细讲述许白昊生平的传记，以往地方志上的小传，多是几千字的篇幅。

（记者万建辉）

1927 年中共五大部分参会代表合影。后排左起为许白昊、李立三、李维汉

张佐臣

遗孤在苏联出生

俄名意为『星火燎原』

请带一信给我的妻子，叫她不要难受。

张佐臣（1906—1927），浙江平湖人。1924 年加入中国共产党。1925 年参加和领导上海日商大康纱厂工人大罢工。曾参加第二、三、四次全国劳动大会，当选中华全国总工会第二、三届执行委员。他是上海工人运动的领导者之一。1926 年 9 月任中共无锡独立支部书记，不久任中共无锡地方执行委员会书记，后在上海总工会工作。1927 年参加中共五大，当选为首届中央监察委员会委员。6 月任上海总工会委员长，同月下旬中共江苏省委成立，当选为省委委员。1927 年 6 月 29 日在上海被捕，7 月初在上海龙华监狱英勇就义，年仅 21 岁。

张佐臣牺牲时年仅 21 岁，留下的生平资料不多。长江日报记者的寻访之路，从他的故乡浙江平湖开始，再到他的牺牲地上海龙华监狱——现为上海龙华烈士陵园。

一路寻访，长江日报记者发现，烈士虽然已于 90 年前牺牲，但人们并没有忘记他，各地相关方面一直在搜集烈士资料，寻找烈士后人。

浙江平湖党史部门、上海民政局、 龙华烈士陵园：一直在搜集烈士史料

在浙江平湖党史部门，长江日报记者获得了一张张佐臣黑白照片、一份《平湖英烈——张佐臣烈士传略》。一位工作人员说，平湖方面一直在搜集张佐臣的资料。

在《平湖英烈——张佐臣烈士传略》里，"据周月林回忆"多次出现。周月林是张佐臣的妻子，两人于 1926 年结婚。

据周月林回忆，1927 年 6 月，张佐臣被关押在上海龙华监狱期间，对同时被捕的难友说，"如果你

们能出去，请带一信给我的妻子，她在苏联，叫她不要难受，再嫁一个好人。"

经平湖党史部门查阅档案发现，在1992年上海市第十二棉纺厂工会委员会一封来自平湖查阅张佐臣资料的介绍信里，留存了一条有用信息：1926年深秋，张佐臣将怀孕6个月的妻子送往苏联。

案卷同时记载，1989年，上海市纺织局也来寻访线索。

2017年6月7日，长江日报记者来到上海龙华烈士陵园，负责媒体接待的工作人员说，他们曾向社会发起过征集，但烈士纪念馆和陵园内关于张佐臣的资料非常少，其墓地也不在那儿。

在龙华烈士陵园，烈士名册里有张佐臣的名字，还有烈士当年坐过的监牢、押送的囚车等。

长江日报记者随后联系上海市民政局，工作人员回复，在民政局优抚办的名单里，没有张佐臣后人的记载。

上海纺织博物馆原馆长蒋昌宁：
对张佐臣事迹如数家珍

平湖档案里出现的"第十二棉纺厂"现属上海纺织控股集团，旗下建有上海纺织博物馆。博物馆原址是上海申新九厂，位于苏州河畔。20世纪初，此地纺织厂云集，不少穷苦人家顺着苏州河到上海讨生活。

已经退休多年的上海纺织博物馆原馆长蒋昌宁，对张佐臣事迹如数家珍。他说，张佐臣早年在上海做工的日商大康纱厂，是以动力纺织为主的纱厂，他读过私塾，在车间担任记工员。1924年，中共地下党员蔡之华在沪东扬州路603号创办了沪东工人进德会，组织工人上夜课、演剧、阅读书刊。蒋昌宁说，让工人识字其实是掩护，主要是为了传播马克思主义，当时的教科书便是《共产党宣言》。

经常去听蔡之华讲革命形势和革命道理的张佐臣，由此接受了革命教育，成为工人运动积极分子，不久就加入中国共产党，年仅18岁，就此走上革命之路。蒋昌宁说，张佐臣相貌堂堂，加上会识字，富有亲和力，在工人中非常有号召力和人格魅力。

上海大学历史系教授李福长：
高唱《国际歌》从容就义

2011 年，中纪委曾组织拍摄专题片，介绍首届中央监察委员会成员的故事，上海大学历史系教授李福长作为党史专家全程参与。当时，他遍寻张佐臣资料，也所获不多。

回望 1927 年这一特殊年份，李福长告诉长江日报记者，随着大革命的迅猛发展，党的力量迅速壮大。到中共五大召开前，中共党员人数从 1925 年初不足 1000 人猛增到 5.7 万多人，成为全国第二大政党。党的队伍迅速扩大，也带来鱼龙混杂、泥沙俱下的弊端。尤其是"四一二"反革命政变后，以蒋介石为代表的国民党右派大肆屠杀共产党人和革命群众，一些共产党员经不起白色恐怖考验而脱党甚至叛变投敌，在武汉国民政府党部中任职的共产党员又面临高官厚禄和大都市灯红酒绿的诱惑，这些给幼年的中国共产党带来极大挑战和考验。因此就有了首届中央监察委员会的产生。

李福长说，张佐臣组织能力、感召力、亲和力都很强，被工人亲切地称为"张大哥"。年轻的张佐臣对革命所表现出来的热情，为了信仰舍我其谁为大家的胸怀，是现在很多年轻人可能无法想象的。

李福长举了一个例子，1926 年，张佐臣和共产党员周月林结婚后，夫妇俩各自忙于革命，在同一个城市，相聚的时间却很少。同年 9 月，张佐臣原准备和妻子一起去苏联留学，党组织考虑到他在工人运动中的影响力很大，一旦离开，工人运动会受到影响，便派他去无锡加强组织领导。张佐臣二话没说，就奔赴无锡，夫妻就此永别。其时，周月林已有 6 个月的身孕。

"四一二"反革命政变后，无锡开始清党。危急关头，张佐臣不顾自身安危，一面组织幸存的同志疏散、撤退，一面转道回上海，此后在上海继续领导总工会的工作。

1927 年 4 月下旬，张佐臣等奉命从上海乘船去武汉参加党的第五次全国代表大会，在大会上，张佐臣当选为首届中央监察委员会委员。从汉返沪后，由于被叛徒出卖，6月29日，张佐臣在上海总工会秘密办事处开会时被捕。

被关押在龙华监狱审讯期间，张佐臣受到了严刑拷打，但毫不屈服。临刑时，张佐臣和杨培生等4人肩并肩，神色自若，高唱《国际歌》，观者无不为之动容，连刽子手都惊慌失措，临时决定改枪杀为砍杀。

在李福长看来，正是这些革命先烈将"为穷人、劳苦大众争解放争自由"当成信仰，才能舍生忘死，不畏牺牲。

李福长透露，张佐臣、杨培生、许白昊、杨匏安4位中央监察委员会委员，先后在上海龙华监狱就义。他们牺牲后，中共地下党组织做了很多努力，秘密寻找他们的亲人和后人，尽量转移到安全区域。

意外获得线索：张佐臣女儿在苏联出生

在上海中共四大纪念馆，一面关于1927年的主题展板上，长江日报记者看到张佐臣的照片和简短介绍。纪念馆研究部副主任李娜给记者提供了一条线索:《人民司法的开拓者——梁柏台传》一书中曾提到，张佐臣和周月林有一个女儿在苏联，该书作者是陈刚。

梁柏台是周月林的第二任丈夫，两人在苏联结为革命伴侣。梁的故乡在浙江新昌，周月林生命的最后十几年，一直住在新昌，直至 1997 年去世。

据《人民司法的开拓者——梁柏台传》一书记载：1927 年 1 月 13 日凌晨 6 时，周月林在苏联生下了她和张佐臣的女儿。

长江日报记者辗转获悉，该书作者陈刚曾是新昌县党史办工作人员。记者联系陈刚家人得知，80 多岁的老人一年前中风，思维已不清楚，很多事都不记得了，所搜集的相关材料也悉数移交给新昌县党史办和档案局。

当家人把电话递给陈刚，话筒那端，老人已说不出一句完整的话，唯一能听清的是不断重复的"记者"二字。

烈士遗孤取名忆霞：中国大使馆曾寻找未果

在新昌县党史办，长江日报记者拿到了烈士遗孤忆霞的数张珍贵照片，从相关信件可以看出，这些照片是梁柏台1930年由苏联寄给家里的，并且写着：

"这是我的女儿忆霞，在一九二八年一月十三日周岁时拍摄于伯力城。现在她已有三岁多了，每天从早晨八时到下午三时在幼稚园受教育，说得一口纯粹的俄语，但中国话却懂得不多。"

梁柏台给女儿起了个俄文名字：伊斯克拉，意即"火星"，取"星火燎原"之意，期盼女儿做"革命火种"，中文名叫忆霞。

1931年5月，梁柏台和周月林一起踏上了回国路程，为了全心投入新的革命事业，行前他们将女儿忆霞和儿子玛依（后改名为伟力）送到莫斯科南郊的瓦斯基诺国际儿童院。从那以后，周月林就再也没有见到过自己的骨肉。

梁柏台1935年在红军长征战斗中壮烈牺牲，年仅36岁。1981年，中共新昌县委党史征集小组搜集烈士的素材，在新昌县档案局一份梁柏台小学同学"丁宗华回忆梁柏台烈士生平"的手写材料上，写着：梁柏台的大姐曾试图寻找这两个孩子的下落，并到中央组织部了解情况，组织部回复，需要到中国大使馆

（驻苏大使馆）了解。后来，大使馆回信说，"现在查不着，查着了再回信"。直到 1981 年，仍旧没有任何音讯。

这份材料目前存于新昌县档案局，是我们能得到的张佐臣女儿忆霞的最后讯息。

记者手记

寻访张佐臣我听到最多的是
他对信仰的忠诚现代人无法想象

寻访烈士张佐臣后人，从 6 月 6 日开始，长达十天的寻访历程，比想象中艰难。年仅 21 岁就义的张佐臣，并没留下太多资料和线索。或许，正是这种为革命为信仰毫无保留的牺牲和奉献，更加撼动人心。

浙江平湖、新昌，无锡、上海、南京……从熟悉这段历史的专家到各地党史办、档案馆工作人员，我听到最多的是："太年轻了""他对信仰的忠诚，现代人无法想象"。

上海纺织博物馆原馆长蒋昌宁，用"像流星一样闪耀"来形容张佐臣短暂的一生。1924 年，青年张佐臣去共产党员蔡之华创办的沪东进德会听课，因为识字，被《共产党宣言》打动，成为工人运动积极分子。

6 月 7 日上午，我站在位于苏州河畔的上海纺织博物馆，仿佛还能听见张佐臣富有激情的演讲。据《上海纺织英烈传》记载，张佐臣是天生的演说家，加上工人出身，非常了解工人的需要，演讲极富渲染力。仅 1925 年，在他的发动下，浦东地区的党员由五卅之前的 4 名增加到 120 名。他最著名的一次演讲是这一年的 5 月 24 日，万余群众聚集在潭子湾的广场上，召开顾正红追悼大会，张佐臣任副指挥。当时的舆论认为，这样的无产阶级集会，在上海是空前的。

6 月 7 日中午，记者来到潭子湾，今日远景路801 号。在中远实验学校的一侧，静静地矗立着一块黑色大理石纪念碑，上书"上海总工会第四办事处旧址"。背后的一面浮雕墙，雕刻了当年工人运动的场景。

我们一行去时，正值午休时间，一群小学生看到摄像机，迅速围过来。浮雕墙上的人，对他们是英雄般的存在，每到清明节或一些重大节日，孩子们都会自发地献上鲜花，表达哀思。

如果历史容许想象，这中间理应有张佐臣的子孙。1926 年秋，与前往苏联的妻子周月林在上海作别时，他们的女儿伊斯克拉（中文名忆霞），在母亲腹中已 6 个月。为了发展党的事业，张佐臣前往无锡。1927 年"四一二"反革命政变之后，张佐臣被反动当局视为"洪水猛兽"，每天都行走在刀尖上，无锡的国民党登报赏洋200元对他进行通缉，最敬重的战友被捕后遭杀害，但这一切都没有动摇他的信念。

英雄也有柔情。在狱中张佐臣嘱托难友带话给妻子："不要难过，再嫁一个好人。"从浙江新昌县党史办和档案局提供的史料看，周月林后来确实嫁了一个好人——待他的女儿如同己出，同样为革命事业牺牲。

（记者周满珍）

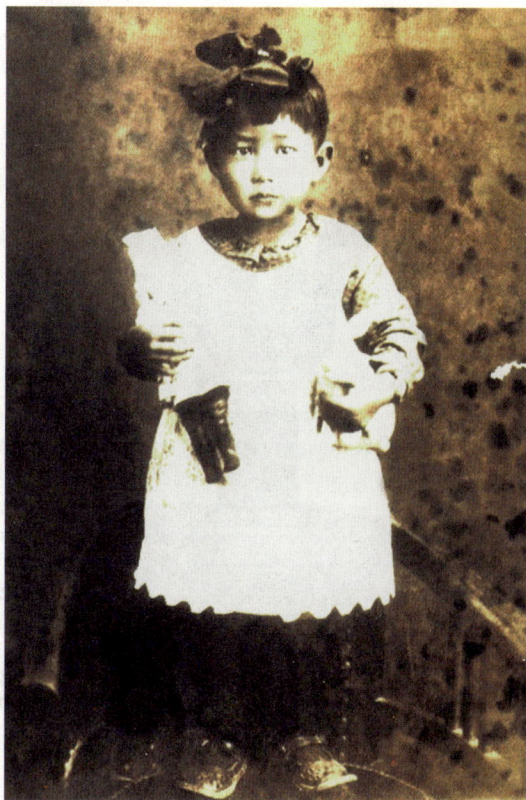

张佐臣女儿伊斯克拉（忆霞）照片

上海龙华烈士陵园内，高墙筑起的淞沪警备司令部的牢房，张佐臣等烈士曾被关押于此

蔡以忱

教育子女不要找组织麻烦

要为百姓着想，不要找组织的麻烦。

蔡以忱（1896—1928），湖北黄陂人。1923 年，经中国共产党创始人之一董必武等人介绍，加入中国共产党。其间，以个人身份加入中国国民党，开展秘密工作。历任中共武汉地委执行委员，中共湖北地方执行委员会委员，中共湖北区执行委员会委员兼武昌地方执行委员会书记，中共湖北区委（即省委）宣传部长。中共五大上被选为首届中央监察委员会委员，后任中共中央农民运动委员会委员，中共湖北省委委员兼农民部长。大革命失败后，奉调湖南工作，历任中共安源地方执行委员会书记，湖南省委秘书长，湘西特委常委兼军委书记等职。曾参加毛泽东同志领导的湘赣边界秋收起义。1928 年 7 月中旬，因叛徒出卖，在湖南常德澧县被捕，英勇就义。

武汉市黄陂区蔡家榨街白家嘴自然村，是黄陂东部的一个偏僻村落，首届中央监察委员会委员蔡以忱就出生在这里。2017 年 6 月 9 日，蔡以忱的孙子蔡亚生和长江日报记者一起，驱车来到他的祖辈生活过的地方。

白家嘴村的部分房屋，如今还保留着旧时土墙黑瓦的模样，走过一条狭窄的小巷，蔡亚生指着一间只剩下一面墙的旧民居说："我的祖父蔡以忱就是在这间屋子出生的，他读小学就离开了这里。"

投身革命后仅回家两次

蔡以忱又名一尘，学名滨，1896 年出生在一个贫苦农民的家庭。父亲蔡宏煊做帮工，母亲王氏一生务农。兄弟 6 人中，他排行老三。

蔡氏家族以清廉著称，蔡氏第八代孙蔡完是明代监察御史，嘉靖帝朱厚熜曾钦赐匾额"清官第一"。读书传家的蔡宏煊夫妇，在勤俭持家的同时，十分注意培养孩子良好的行为习惯。蔡以忱从小就有了报效国家的远大理想。

蔡亚生说:"祖父的大哥蔡极忱参加过辛亥革命,这对祖父走上革命道路影响很大。"

1920年8月,董必武、陈潭秋等人筹建武汉共产党早期组织,通过举办读书会、编辑进步书刊等,传播马克思主义。在董必武、陈潭秋等人引导下,蔡以忱参与编辑中共武汉地方组织机关刊物《武汉星期评论》。1923年至1924年间,经董必武等人介绍加入中国共产党,随后以个人身份加入中国国民党,其间,受党组织委派,回家乡帮助建立了黄陂第一个中共支部。

蔡亚生儿时在家乡听老人讲蔡以忱的传奇,心中充满了敬仰之情,"祖父膝下有两个孩子,他和祖母吴金梅带着长子蔡惠安(我的大伯)在武昌住了几年,但祖父一心扑在革命事业上,经常东奔西走,没有时间照顾他们。我父亲蔡光海是他的次子,刚满周岁就不得不寄养在乡下堂叔父家"。小光海几岁的时候,蔡以忱曾回家探望,但不久就匆匆告辞。

"八七"会议后,时任中共中央临时政治局候补委员的毛泽东前往湖南领导秋收起义,与时任中共中央委员的罗章龙商量物色几个懂军事的同志到湖南做组织发动工作，罗就推荐了蔡以忱。蔡欣然接受了这一重任，到湖南后任中共安源地方执行委员会书记，积极筹备秋收起义。他组织的安源工人队伍被编为工农革命军第一军第一师第二团，他任党代表。

"祖父32岁就牺牲了，他投身革命后仅回家两次"，蔡亚生说。

生活再困难也不给组织找麻烦

蔡亚生说："祖父在武汉从事革命工作时，祖母曾带着我的大伯蔡惠安为他送信、做掩护，后来因工作需要，祖母带着大伯回到黄陂。"

蔡以忱曾在地方党组织担任重要职务，中共五大上被选为首届中央监察委员会委员，后任中共中央农民运动委员会委员、中共湖北省委委员兼农民部长。他也是国共两党全国代表大会代表、中国国民党湖北省党部创始人与执行委员等。

"我听母亲讲，当年村里一些乡邻对祖母说，'以忱当了这么大的官，你怎么不找他要一些东西？'但祖父在祖母回乡前跟她讲，'你带着孩子，哪怕生活再困难，也要自己想办法解决，不能找他们的麻烦'。"

根据组织要求，蔡以忱没有向家人透露共产党员的秘密身份。蔡亚生说的"他们"，是指吴金梅认识的董必武、陈潭秋等人，她只知道这些人是丈夫的同事，新中国成立后，她才知道他们和丈夫都是共产党员。

"祖母当年也确实很困难，母亲曾告诉我，祖母是想去找董必武，但犹豫再三，还是没有去。祖父牺牲后直到新中国成立，她和孩子的生活全靠亲戚们接济、照顾"，蔡亚生说。

新中国成立后，蔡以忱被追认为革命烈士。因当时国家干部的薪金是按级别定量供应粮食，故对烈属的优抚，也是以供应粮食的方式抚恤。由蔡惠安保存的烈属证上记载，自1950年12月16日起，当地人民政府每年给吴金梅及子女发放1200斤粮食。

吴金梅回乡后始终没有离开故土，一直在家种地，直到1970年去世。

后人无偿捐献"传家宝"

蔡亚生回忆，祖父没有留下什么遗产，只有数件遗物是通过祖母作为"传家宝"传下来的，其中几件他和大伯捐给了博物馆。

蔡以忱在写给妻子吴金梅的信中说："他日子女成人，我曾经用过的铜剑、砚台以及我的衣物，你可以选择一些给他们留作纪念。"

蔡以忱牺牲后，吴金梅痛不欲生，终日以泪洗面。整理丈夫的遗物时，她特地将他用过的一方砚台、曾随身携带的一柄铜剑，以及参加国民党"二大"所用的皮箱等妥为保存。

"奶奶常说这是爷爷用过的东西"，蔡亚生说，"她教育我们要认真读书、诚实做人。"

1970年，吴金梅在弥留之际，将砚台和小皮箱交给长子蔡惠安，铜剑交给次子蔡光海，希望他们当作"传家宝"世代相传。后因有关部门征集烈士遗物，他们又把这几件"传家宝"无偿捐出。

1977年，蔡惠安和儿子蔡小兵向有关部门捐赠蔡以忱用过的皮箱、砚台、纪念册、纪念章多件。蔡惠安写给武汉文物管理处的信中说："小皮箱是我父亲随身携带，于 1925 年底在广州开会后，直接带回家过春节。内存衣物、证章等。春节后父亲离家未带走，由母亲保存。砚台是我父亲在乡间读书时所用，由家母保管。由于侄儿春安生活困难，曾借给他小孩上学用。"

1984 年 7 月 1 日，蔡亚生向当时的黄陂县人民政府捐出了蔡以忱的铜剑和一枚教育徽章。

目前，蔡以忱用过的铜剑在中共五大会址纪念馆展出，砚台、皮箱也即将展出。

据了解，黄陂区正在筹建蔡以忱烈士陈列室，地点位于蔡以忱儿时读书的蔡家榨街蔡官田村（其出生地白家嘴村的邻村）。建成后的陈列室将充分展现革命先烈的英雄事迹和爱国情怀，并成为反腐倡廉教育的重要阵地。

严于律己绝不给祖父丢脸

受父辈的影响，蔡以忱的后代也都严于律己，为人正直。

　　蔡以忱曾对长子蔡惠安说，为人要正直，要为百姓着想，不要找组织的麻烦。蔡亚生说："我父亲蔡光海虽然很少见到祖父，但这些话对他的影响也很大。父亲一辈子为人本分正派，从来不做违背良心的事情。"

　　20 世纪 60 年代末，蔡光海到武昌遵义中学（现三角路中学）教书时，从来没有向领导和同事透露自己是烈士的后代。董必武任国家副主席时，曾派秘书到武汉看望蔡以忱的二哥蔡襄忱，蔡光海正好在他家，秘书得知他是蔡以忱的次子，非常高兴，问他有什么困难？蔡光海回答："没什么困难。"

　　"实际上那时很困难"，蔡亚生说，"当年父亲在城里教书，母亲带着孩子在乡下种地，工分很低，家里年年缺粮。但父亲从来不愿意找政府的麻烦，还让我们尽量靠自己的力量解决，他说，'国家这么大，有困难的人太多了，如果我们老是伸手向组织要这要那，会愧对祖先'。"

　　在父母的教育下，蔡亚生和兄弟姐妹也都自食其力。1978 年，蔡亚生考入黄陂师范学校，毕业后在蔡榨中学教书 8 年，1986 年入党，后被抽调到区人大常委会。他工作勤奋努力，曾荣获武汉市教育系统劳动模范称号，多次被评为区优秀共产党员。

蔡亚生的领导和同事一直不知道他是革命烈士后代，直到 2013 年，武汉市纪委的同志为办展览找蔡亚生了解情况，大家才知道他是蔡以忱的孙子。

"祖父为革命抛家不顾，又是这么廉洁，我们后辈绝不能给他丢脸"，蔡亚生说。

记者
手记

蔡以忱之孙四处搜集祖父资料
只要提到蔡以忱都用笔做记号

蔡以忱是谁？这个 32 岁就牺牲了的年轻共产党员，为中国的革命事业作出了怎样的贡献？

在接到寻访 8 位烈士后人任务之前，我对这个名字十分陌生。直到前不久前往他的家乡——黄陂区蔡家榨街白家嘴村，听他的孙子蔡亚生讲述先辈的故事，这个形象才逐渐生动丰满起来。

蔡以忱有两个儿子，57 岁的蔡亚生是次子蔡光海的孩子。在偏僻的白家嘴村，蔡以忱住的老屋已经坍塌，仅剩下只有门窗的一堵墙。蔡亚生说，祖父和他的 5 个兄弟都是从这里走出去的，祖父读小学时就离开了家，到邻村蔡官田村住读，"祖父特别会读书，他在武昌的湖北省立第一师范学校读书时，5 年得了 10 个第一"。

实际上，蔡亚生小时候对祖父的印象是很模糊的，他说："祖母和父母很少讲祖父的事情，只说他投身革命后很少回家，我父亲不到周岁就被他送回乡下，寄养在亲戚家。我从小听村里的老人讲祖父的革命传奇故事，起初只是觉得好奇，心里也很敬佩。"

有关蔡以忱的历史资料很少，蔡亚生成年后，四处搜集和祖父有关的资料。他给我看了一本精心整理的资料册，里面有《毛泽东的足迹》《董必武传》《任弼时传》等书的复印件，只要提到蔡以忱的部分，都用笔做了记号。

蔡亚生告诉我，在搜集资料的过程中，他对祖父的印象从原来的碎片化渐渐变得丰满了，"祖父远离故土，所做的一切都是为了革命，为了让人民生活得更好"。

"让人民生活得更好"，在战争年代，这是蔡以忱心中的理想。更让我感动的是，他不仅严于律己，还严格要求家人。蔡以忱要求长子蔡惠安，"为人要正直，要为百姓着想，不要找组织的麻烦"。蔡家人谨记蔡以忱的嘱托，哪怕生活再困难，也没有一个人向组织提出特殊要求。

蔡亚生给我看了一张《革命牺牲军人家属光荣纪念证》的照片（原件由蔡惠安保留），这是 1957 年 7 月 8 日由中华人民共和国中央人民政府统一印制的，上面有毛泽东签名和中央人民政府印章。

　　新中国成立后，蔡以忱被追认为革命烈士。几十年来，这张纪念证只是默默地安放在蔡家，蔡以忱的后人们都靠着自身努力，在平凡的岗位上辛勤工作。蔡亚生告诉我，他的父亲当了一辈子老师，一直没有透露自己是烈士后代的身份，后来学校得知他是蔡以忱的儿子，要给他一些照顾，他不要，说要留给更需要的人。

　　"祖父是这么伟大的人物，又是这么廉洁，我们后辈绝不能给他丢脸。"蔡亚生的这些话一直在我脑海中回旋，我想，这就是传承。

（记者黄征）

1925 年 12 月下旬，蔡以忱（二排左一）与董必武（二排左三）等的合影

蔡以忱留给后人的铜剑，现在中共五大会址纪念馆展出

杨培生

无私奉献不计得失成家风

一个人能为天下劳苦工人的解放多做些事，打倒了反动派，大家安居乐业，不就是顶好的事吗？

杨培生（1883—1927），又名杨培森，江苏川沙（今属上海市）人。1925 年 6 月，加入中国共产党。上海总工会和上海铁厂总工会相继成立，他均被选为委员。1925 年秋冬，在中共浦东支部委员会负责组织工作。上海工人第三次武装起义后，被选为上海总工会副委员长。"四一二"反革命政变后，任上海总工会委员长。1927 年，出席在武汉召开的中共五大和第四次全国劳动大会，分别当选为首届中央监察委员会候补委员和中华全国总工会执行委员。中共江苏省委成立后，被选为省委执行委员。1927 年 6 月 29 日，因叛徒出卖而被捕，7 月 1 日，被国民党反动派杀害于上海龙华监狱。

"党指向哪里，就去往哪里；认真做事，为人正直，这些是祖父教给我们的"，2017 年 6 月 7 日，谈起祖父、革命烈士杨培生，杨明娟饱含深情。

当天，杨培生四子杨继新的子女杨明娟、杨明珍、杨宝用，五子杨渔春的子女杨敏华、杨一斌、杨桂芳、杨宝丰，相约来到上海龙华烈士陵园，共同追忆祖父的革命经历。他们表示，忠于党和人民、无私奉献是杨培生的可贵品质，且已成家风，鼓舞着他们积极进取、踏实做人。

生前两句话成陵园最重要展品

2017 年 6 月 6 日，长江日报记者探访位于上海龙华烈士陵园内的淞沪警备司令部旧址，曾经关押杨培生的牢房经重建，还原了当时的情形：关押男"囚犯"的牢房是 3 栋拱顶平房，灰白的墙壁，漆黑的大门，显得阴森可怖。进入牢房，过道极狭窄，两边的囚室阴暗逼仄，内有四张高低床，可关押 8 人。

龙华烈士陵园工作人员讲述：1927 年 6 月下旬，中共江苏省委成立，杨培生担任省委执行委员，省委成立后，立即遭到破坏，几天后，上海总工会的两个秘密机关也被破坏。6月29日，杨培生在虹口横浜桥上海总工会秘密会址开会，事前安排妻子在弄堂里望风。突然，熟悉地形的叛徒带领一群警探迅速包围会址，抢在杨培生妻子报信之前冲进房间，逮捕了杨培生等人。他们先被送到狄思威尔路巡捕房，当晚转押到淞沪警备司令部。

审讯期间，杨培生以化名应对，但叛徒指认，身份暴露，祥生铁厂企图营救未果。杨培生意识到，自己可能马上会被杀害，但他没有动摇和软弱，他平静地对难友们说："我们既被捕，诸同志宜各努力奋斗。"

1927年7月1日，杨培生在受尽严刑折磨后，从淞沪警备司令部的牢房平静地走向刑场。临刑前，他泰然自若，高唱着《国际歌》。

新中国成立后，政府将杨培生遗骨移葬到上海浦东新区的川沙烈士陵园。近年来川沙烈士陵园多次征集烈士实物无果，但杨培生的两句话成了这里最重要的展品。

一句是："我看党为平民谋事就是好，即使砍我脑袋，我也要参加共产党。"另一句是："一个人能为天下劳苦工人的解放多做些事，打倒了反动派，大家安居乐业，不就是顶好的事吗？"

据介绍，1925 年 6 月，上海区委派到浦东工作的张佐臣介绍杨培生加入中国共产党。之后的一天，张佐臣教新党员们唱《国际歌》，令杨培生情绪激昂，并很快学会唱这首歌。此时，他憧憬党组织、希望入党的愿望极大高涨，向张佐臣说了上述第一句话。1927 年 6 月，杨培生以家庭为掩护，搬到上海总工会秘密机关居住，他见妻子有些犹豫，就对妻子说了上述第二句话，鼓励她克服眼前的困难。

为革命不给自己留后路

杨培生在革命时投入、忘我，丝毫没有考虑到个人利益，没为自己留后路。牺牲后，因没给妻儿留下任何财产，家庭面临沉重的经济危机。杨培生妻子杨周氏不识字，为养家糊口，她只好到祥生铁厂为工人做饭、洗工作服，赚取微薄收入。

杨培生的孙女杨敏华说，当年她大伯杨洁如只有 11 岁，每天去黄浦江打水，供杨周氏洗衣挣钱用。为能多挣钱，他在打水时，还到码头帮人滚油桶，推一个油桶挣一个铜板。一次，杨洁如因滚油桶错过了江水涨潮，没有提水回家，杨周氏非常生气，狠狠地打了他。挨打后，杨洁如没有哭，从床下拿出一个小铁罐，把滚油桶赚的积蓄递给妈妈，杨周氏顿时泪如泉涌，从此立誓，再也不打孩子了。

当时，杨培生的四子、五子分别只有 8 岁、5 岁，因家里贫困，他们也承担养家重担，到书店帮别人装订、切割书籍。"虽然家庭穷困潦倒，但奶奶和她的孩子从没有埋怨过祖父，他们尊重祖父的选择，努力让自己更坚强、独立。"

杨宝丰说，祖父在上海市区没有住房，川沙老家的老宅是他祖辈的家传，陈旧失修，直到十几年前拆除，没有整修过一次。"听父亲说，祖父甚至没有留下一件像样的衣服。"

为党和人民倾其所有

"他把自己完全献给了党和人民"，杨敏华说，祖父是富家子弟，家境不错。在祥生铁厂工作时，是个技术工人、工头，薪水不低，完全可以过着衣食无忧的生活，但参加革命后，他不遗余力支持革命斗争，几乎倾其所有。

"乐于助人、无私奉献是他最大的精神品质"，杨敏华说，在担任祥生铁厂党支部书记时，党组织将杨培生安排在工会第一线，以充分发挥他组织工作的特长。在响应北伐的日子里，他先后在浦东、南市的工人代表会任主席团成员，曾帮助江南造船所组建厂工会，还先后参与筹建铁厂总工会和上海金属业总工会，并任领导职务。

杨敏华说，后来革命形势如火如荼，而杨培生的经济收入却没有保障，为了维持生计，他把16岁的大儿子送进英美烟厂做工。当时，他还设法把川沙老家仅有的几亩田产卖掉，所得收入用于帮助党组织筹购武器。即便如此，他还竭尽所能，资助生活有困难的工友，甚至不惜借债。

杨宝用说，他记得小时候听母亲说，为了支持革命，祖父不仅倾其所有，还借了不少债。他牺牲后，还债任务落在了妻儿身上，杨周氏带着几个儿子克服生活困难，努力分期分批还债。"最后一笔债是新中国成立后，祖母带着我的母亲，一起去威海路一家粮店还清的。"

忠诚献身精神鼓舞后人

杨宝丰说，祖父牺牲时，父亲杨渔春才5岁。"虽然父亲很少对我们讲祖父的事，但看得出，他对祖父心存敬仰，也一直用行动让自己不愧为烈士后代"，杨渔春为人忠厚、本分，在工作中一直对自己严格要求，工作勤奋。杨宝丰记得，刚参加工作时，杨渔春对他说："勤恳工作，老实做人。"这句话，杨宝丰一直牢记心上。

杨宝丰说，父亲曾在半山钢铁厂（现杭州钢铁厂）从事调度工作，当时的工作相当艰苦，他没有一句怨言，工作努力出色，曾多次被厂里评为先进。当时，杨渔春与妻儿两地分居，但他始终安心工作，没有提出调回上海的要求，直至退休。杨渔春去世前几年，曾立遗嘱，死后将自己的遗体无偿捐献。

杨敏华说，父亲 90 岁那年，曾对她说，这辈子最大的遗憾是没有加入中国共产党。

"祖父、父亲无私奉献、不计得失的精神已成为一种家风，潜移默化地影响着我们这一代人"，杨敏华曾在上海汽车齿轮厂做检测工作，是业务带头人。工作中，她刻苦钻研，工作之余，她主动参加学习班，提升技能，争当先进。虽然她并不是共产党员，但她坚信："想为国家作贡献，心中有党、有人民就足够了。"

"也许是血脉相传，父亲一直认认真真做事、清清白白做人，为后代作出表率"，杨明娟说，父亲杨继新一直铭记祖父杨培生的革命精神，立志为国家富强而奋斗，他刻苦好学、追求上进，从学徒工自学成才，成为了一名建筑工程师。杨明娟记得，父亲经常凌晨 4 点多就起床，赶到办公室，早早开始工作。受父亲影响，杨明娟退休前从事英语教学工作，在工作岗位上她严谨负责、主动创新，是学生们公认的好老师。

杨明娟记得，读小学时，她曾看过一本名为《浦江故事》的书，里面记述了杨培生的革命事迹，深受震撼。"祖父对党无比忠诚、甘于献身的精神鼓舞着我们，为党和祖国富强贡献一切，这是祖父留给我们的最宝贵的精神财富。"

杨培生唱《国际歌》后说的那句话
让我明白烈士入党初心

是什么让一名共产党员在面对死亡威胁时，仍对党无比忠诚、决不退缩？踏上寻访杨培生的采访路，那些停留在纸面的感触渐渐清晰、戳中心怀。

杨培生 1925 年入党，1927 年牺牲，身为党员的短短两年，他谱写了光彩熠熠的人生华章。一路上，在翻阅杨培生史料时，我发现有个关键词与他密切相关——《国际歌》，这首歌在他作为党员生命历程的两次唱响，令人久久回味。

1925 年，杨培生迎来上海区委派到浦东工作的张佐臣，面对比自己年轻 20 多岁的年轻党员，杨培生心怀敬仰，与他成为忘年交。张佐臣经常和杨培生谈心，向他宣传党的主张。一天，张佐臣在开会时教大家唱《国际歌》，顿时打动了杨培生，令他情绪激动、浑身是劲，很快学会这首歌，并对党产生憧憬，找到张佐臣要求入党。不久后，他加入了中国共产党。1927 年 7 月 1 日，在敌人抓捕关押两天后，杨培生和张佐臣肩并肩走向刑场，临刑时，他俩再次高唱《国际歌》。

6月6日，我踏进位于上海西郊的川沙烈士陵园内，试图在展馆内找到关于杨培生的遗物，但该陵园宣教科负责人张兰英告诉我，他们一直在努力，可这方面仍是空白。见我有点失望，她指着展馆内展板上的几行字告诉我，这些文字的分量不亚于实物——"我看党为平民谋事就是好，即使砍我脑袋，我也要参加共产党。"张兰英说，这句话便是杨培生学唱《国际歌》后，对张佐臣说的，一直感动着陵园内的工作人员。

"为平民谋事就是好"，极为朴实的语言，却切中我党的宗旨，也表明一位共产党员入党的初心。此时，老照片中那个显得憨厚、淳朴的杨培生仿佛就在我面前，此刻，我明白了他为革命卖掉田产、倾尽家财，不惜借债帮助困难工友等举动背后的原因。

次日，我来到位于上海龙华烈士陵园内的淞沪警备司令部旧址，曾经关押杨培生的牢房阴暗逼仄，通往刑场的道路狭窄幽深。当时我想，支撑杨培生、张佐臣平静面对死亡的一定是对党、对共产主义的坚定信仰，还有《国际歌》里展现的光明世界。

　　寻访杨培生，令我深感信仰的力量如此强大，党走过光辉的96年，党的事业持久坚实，来自于薪火相传的信仰传承，一代又一代的共产党人，用坚定的信仰、不变的情怀，让党的事业不断发扬光大。

　　"起来，饥寒交迫的奴隶！起来，全世界受苦的人！满腔的热血已经沸腾，要为真理而斗争！"回程火车上，我用手机播放《国际歌》，雄壮的歌声响彻脑海，荡气回肠。

（记者宋磊）

我看党为平民谋事就是好，即使砍我脑袋，我也要参加共产党。
一个人能为天下劳苦工人的解放多做些事，打倒了反动派，大家安居乐业，不就是顶好的事吗？

——杨培生烈士

难友们大家快快团结紧，意志要牢坚，万众一心冲破牢笼，夺回自由权！

——囚犯歌

血液写成的大字，刻划着千万声的高呼！

——殷夫烈士

我们的幸福是我们自家争来的，不是资本家给我们的。我们现在已经罢工有旬日了，是我们誓死 争到幸福，使我们自家伸出头来，那么我们在这奋斗的时候定要牢记一句话'坚持到底'，就是资本家强迫我们上工我们也不要上工 要我们出店死也不出店。工友们呀，我们受压迫而死，毋宁奋斗而死！

——庄向初烈士

凡人缺少的就是毅力，我现在觉悟到这 点，剑在这里是动词，表示要削平压在人民头上的大山。

——王剑三烈士

上海川沙烈士陵园中，最上为杨培生的"两句话"

1919 年 7 月，上海铜铁机器公会发起人合影（二排左起第五人为杨培生）

萧石月

革命故事在家族流传成精神传家宝

等我长大了，我也打天下，让穷苦百姓翻身做主。

萧石月（1900—1927），湖南常宁人。1921年加入中国共产党。1925年，被补选为中共湖南省委委员，任湖南安源地方委员会书记，随后被派往新化锡矿山从事工人运动，发展党、团组织。1927年在中共五大上，当选为首届中央监察委员会候补委员。1927年5月，长沙发生许克祥等部发动的"马日事变"。随后，萧石月接到中共湖南省委要求各地工农武装攻打长沙的通知，带领300多人的锡矿山工人武装向湘潭进发。行至蓝田时，遭许克祥部一个营的伏击，英勇牺牲。

萧石月，湖南常宁人，1927 年在中共五大上当选为首届中央监察委员会候补委员。李维汉回忆录多次提到这位出类拔萃的年轻党员，以"忠实、沉着朴素、忠诚坚定"来概括萧石月的优良品质，认为他是湖南早期的杰出工人运动领袖之一。

1927 年 5 月"马日事变"后，萧石月率部队在湖南一次突围战中牺牲，年仅 27 岁。

2017 年 6 月 12 日，长江日报记者前往萧石月老家湖南常宁兰江乡兰江村前光组，采访他的亲近族人，了解他短暂而灿烂的革命历程，感受他不屈不挠、一往无前的革命精神。

家乡出英烈传他排第一位

长江日报记者在常宁市文物管理局副局长尹黑白的带领下，6 月 12 日来到文物保护单位——"萧石月故居"。

故居地势平坦，东南紧靠萧家祠堂，西与村道毗邻，北与农田相连，村道水泥路四通八达，田园风光独具。故居占地 545 平方米，坐东北朝西南，面阔三间。从外观上看，正面、东南外墙为青砖，内墙多为土砖木结构，为典型的湖南农家建筑风格。萧石月1900年出生在这里，度过他的童年和少年时光。

尹黑白介绍，衡阳市、常宁市对萧石月的革命事迹一直很重视，先后多次到故居来调研，并编辑出版《常宁英烈》，萧石月被列为第一人。2015年5月，衡阳市专门批准"萧石月故居"成为市级文物保护单位。

兰江村党支部原书记萧敬喜指着每个房间，一一告诉记者，哪一间是萧石月父亲的，哪一间是兄弟们的，哪一间是萧石月的婚房。尹黑白表示，萧石月尽管在27岁即献出了生命，但是他的斗志、他不屈不挠的革命精神，永世流传。

"前光组原来叫萧家湾，萧是大姓，村里大部分人都姓萧"，萧敬喜告诉长江日报记者。

萧敬喜找来萧家的家谱。家谱装订很精致，纸张泛黄柔软，字迹清晰。长江日报记者在萧家家谱中查到，萧石月的父亲叫萧相光。"当时萧相光家是周围这一片比较富裕的人家"，萧敬喜说。萧家故居占地500多平方米，有10多间房子。

　　萧敬喜说，萧石月的远大抱负，在他小小年纪时就显露了出来。7 岁的时候，他父亲把他送到附近的私塾读书，但萧石月对四书五经不感兴趣，偏偏喜欢阅读稗官野史，常和同窗们交流"陈胜吴广起义""项羽学万人敌"的故事，还说"等我长大了，我也向他们学习打天下，让穷苦百姓翻身做主"。

　　萧石月对穷苦孩子特别友善，时常帮助他们，好打抱不平，这让他在村里的口碑极好，大家都喊他"小四哥"。萧敬喜介绍说，村里小伙伴没有鞋子穿，他偷偷把自己的鞋子送过去；快过年了，有的家连一点肉都没有，萧石月背着父亲，偷偷到自家的鱼塘里打鱼，送给困难人家。

　　萧石月 17 岁的时候，父亲给他定了门亲事，但据了解，萧石月结婚后与妻子只在一起待了 3 天，就毅然决然去参加革命。直到牺牲，中途只回过家一次，半夜回来，天不亮就走了。

信仰不同，与三哥分道扬镳

　　萧石月的革命道路发端，与三哥萧同兹密不可分。三哥很会读书，被父亲送到长沙湖南甲种工业学校读书，后加入湖南省劳工会成为骨干，写信给弟弟萧石月，召唤他投身革命洪流。

1920年10月，萧石月来到长沙，成为湖南第一纱厂弹花车间的工人。他开始接受革命思想，到各个车间、宿舍演讲，组织工人发起抗争活动。

在革命斗争中，萧同兹和萧石月兄弟渐渐走上迥然不同的道路：萧同兹加入了国民党，还把父亲萧相光接去南京住了一段时间，每日求田问舍；萧石月则坚定不移，继续从事工人运动。

1923年4月，湖南第一纱厂工人俱乐部宣告成立，并加入省工团联合会，萧石月当选为干事长。同年秋，党、团组织在第一纱厂相继成立，萧石月任党、团两个支部的书记。也正是在这个时期，萧石月接触到中共湖南省委书记李维汉。

萧石月另一笔浓墨重彩的革命事迹，是在新化锡矿山从事工人运动，发展党、团组织。他在那里成立的"新化锡矿山工会"，一周之内吸引3000多名工人参加。从第一纱厂到锡矿山，萧石月在斗争中得到了锻炼，并深刻体会到建立工人武装对于革命事业的重要性。

1927 年 4 月底 5 月初，中共五大在武汉召开，萧石月当选为首届中央监察委员会候补委员。随后他又回到湖南。很快，"马日事变"发生，萧石月接到中共湖南省委要求各地工农武装攻打长沙的通知。他立即带领 300 多人的锡矿山工人武装，日夜兼程，取道蓝田，向湘潭进发。当队伍行至蓝田时，突遭许克祥部一个营的伏击。

史料显示，在敌众我寡的情况下，萧石月用手枪击倒了几个妄图活捉自己的敌兵，在枪里剩下最后一颗子弹时，他掉转枪口对准了自己的胸膛。

村里人不知他改了名，
牺牲 20 多年后被追认烈士

69 岁的萧真应是萧石月二哥萧连恒的孙子，家住兰江村马家组 16 号。虽已年近七旬，头发花白，走路颤颤巍巍，可一讲起萧石月的故事，萧真应的眼中就闪烁着兴奋和自豪。

他回忆，萧石月在长沙从事工人运动期间，有一次深夜回过老家，带回一些工人协会的证件，让妻子藏在土砖屋炕下，并用泥巴糊起来。天不亮，萧石月就离开了。萧真应说，这个举动曾引起当地政府的盯梢，多次上门骚扰，"那时的萧石月，已经被纳入军阀的头号盯梢对象"。

萧真应透露，萧石月去世后，家里人很长时间都不知道。直到新中国成立后，在中央工作的李维汉给萧石月老家写来一封信，信的内容大致如下：

"萧石月同志，1921年参加中国共产党，他同邹觉悟等同志曾领导1922年初在湖南第一纱厂的工人罢工，萧石月是党支部书记，在工人斗争中有较高的声望。在一年多的接触中，我认识到萧石月同志是一个忠实、沉着、朴实、熟悉群众、了解厂情、遇事心中有数，勇敢有为的青年党员。萧石月同志是纱厂的工人领袖，忠诚坚定，1925年是省委委员，大革命失败后牺牲于锡矿山。"

萧真应说，当时家里人都不知道萧石月是谁，因为他参加革命工作后改了名字，村里人都称他为萧连祐。

常宁市委宣传部原副部长汪周荣告诉长江日报记

者，接到李维汉的来信后，当时常宁县革委会组织专人进行了调查，常宁县革委会经过认定，批准萧石月为革命烈士。

6月12日，萧真应在政府修缮的"萧石月故居"内，一边小心掸着墙上的灰，一边自豪地说，萧石月的这些革命故事，在家族里广为流传，"他对革命的忠诚，已成为我们家族的'精神传家宝'"。

在两边长满水稻的湖南乡间小路上
感悟萧石月投奔革命的源动力

搜索网络，萧石月的资料少之又少。最初接到报道任务，我心里直打鼓，怕完不成采访任务。所幸接下来发生的一切，让我既感欣慰，又深受教育。

2017年6月11日，我们从武汉赶到长沙，又从长沙直奔常宁。这里是衡阳市下属的一个县级市，抵达时已是黄昏，顾不上喝水，我们就去常宁公园村，寻找萧一湘。他在当地报纸刊载过萧石月的文章。七弯八拐，找到网上透露的地址，但是很遗憾，萧一湘8年前就已去世。

第二天一早，我们来到常宁市委宣传部求助，副部长吕小宝委托科员郭华全力配合。后者带领我们来到常宁史志办。工作人员张泽湘递给记者一本《常宁英烈》，第一位就是萧石月，但内容不是很全面。

上午10时，我们赶赴萧石月故居——常宁市兰江乡兰江村前光组。一路都是乡间小道，两边全是稻田。盛夏的绿意让人追念90年前的烈士身影，越发想探究是什么动力驱使他走上了革命的远方。

　　故居保护得非常好，面阔三间，从大门进去是两个院井，有前门有后门，两边厢房都有侧门。外墙为青砖，内墙多为土砖，屋顶是小青瓦面，房屋两边是悬山山顶，两端有樨头，门槛门墩为红砂石，正门石制雕花格窗，墙檐下灰龛中饰有兰彩卷草花纹。

　　我们继续展开探访。在探访过程中，我们发现一位老人，远远站在故居旁的稻田里观望，裤子挽到了膝盖处。我们上前去打招呼，了解到这位老人叫萧真应，今年69岁，正是萧石月二哥的孙子。

　　这是当时我们找到的烈士最亲近的后人。萧真应说，他没事的时候就过来把祖屋整理打扫一下。从他口里我们知道，衡阳市政府公布房子为"萧石月故居"，加以保护。临告别时，老人依依不舍。

　　村里最年长的干部萧敬喜，向我们提供了一个线索，让我们去寻访常宁市老干部汪周荣，"他最知道萧石月的革命事迹"。我们一打听，这位汪周荣老人已经81岁，退休后住在常宁市区。他是这个村长大的人，妻子是萧石月夫人阳琴英的亲侄女。

　　中午饭后，我们径直去找汪周荣老人。他记忆力非常好，知道的的确多，把萧石月过去的事情讲得清清楚楚。"他这个人，从小爱打抱不平，乐于帮助穷人""他这个人，为了革命事业豁得出去，不怕死""他这个人，不向既得利益和反动权势低头"。

在老人娓娓道来的话语中，我们悟到了萧石月投奔革命的源动力。

（记者汪文汉）

位于湖南省常宁市兰江乡兰江村前光组的萧石月旧居

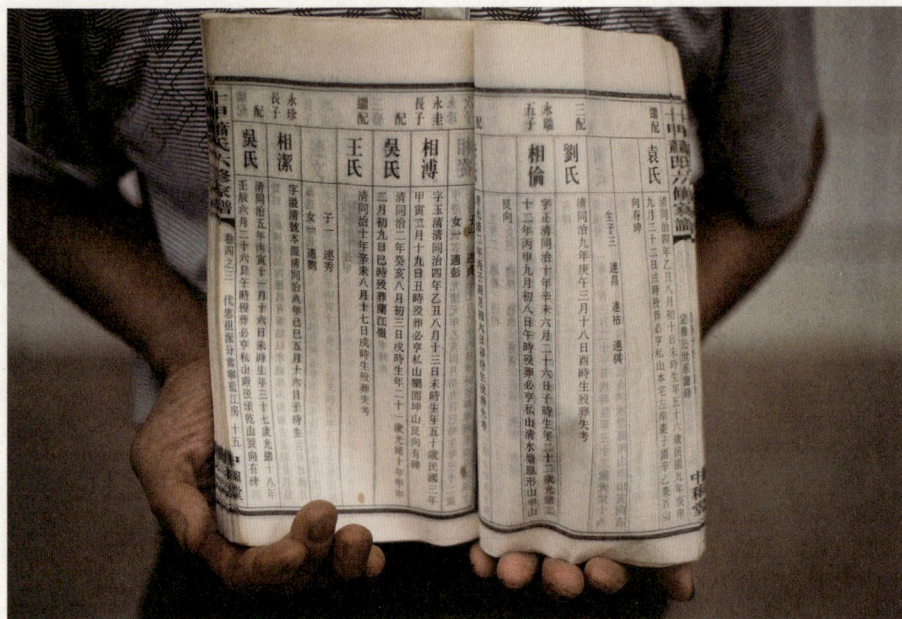

萧石月侄孙萧真应展示萧家族谱，"连祜"即为萧石月

阮啸仙

儿孙遵家规 一分一毫都靠自己挣

哪怕是最困难时候，仍要与党保持一致。

　　阮啸仙（1897—1935），广东河源人。1921 年加入中国共产党，中国共产党早期党员之一，广东青年运动的先驱，大革命时期著名的农民运动领袖。1927 年在武汉召开的中共五大上，当选为首届中央监察委员会候补委员。1928 年赴莫斯科出席中共六大，1934 年 1 月当选为中华苏维埃共和国中央审计委员会主任，是人民审计制度的创建者和奠基人。1935 年 2 月，阮啸仙领导的赣南省委机关部队被敌围困，3 月 6 日在战斗中壮烈牺牲，时年 38 岁。

1935 年年初，阮啸仙领导的赣南省委机关部队被敌围困，他在战斗中壮烈牺牲，时年 38 岁。

2017 年 6 月初，长江日报记者在广州越秀区华侨新村和平路 39 号一栋老旧的房中，采访到烈士阮啸仙之孙阮钦彤。他回忆，在革命最低潮时期，祖父阮啸仙奉命秘密转移到香港，负责农运领导工作，其间祖父常对同志们说："革命处于低潮，仍要充满对革命胜利的信心。哪怕是最困难时候，仍要与党保持一致。"

9 年只和儿子通过两封信

在广东河源市革命烈士纪念馆内，有一个展区专题展示了阮啸仙烈士存世的信件、照片、报道。一封家书引起长江日报记者的注意。

"爱儿：……你想学好，你应该向你眼前的事情去学，事无大小，都有它的道理的。想见识多，有本事能耐，不必向上海或国外花花世界去学，随时随地随事都是书本，都有够学的道理在，哪怕是烧火煮饭的小事，你想知道火是什么东西？从何而来？它对于人群社会有何益处？有何害处？如何用之才有益而无害？那就够你想了。"

这封几百字的家书，纸页泛黄，是1933年阮啸仙担任全国互济总会救援部长期间，写给儿子阮乃纲的。

"革命形势严峻，阮啸仙与儿子聚少离多。他们之间仅仅通过两封信，这是第二封，也是最后一封"，馆长许敏光告诉长江日报记者。

1926年"中山舰事件"之后，广州笼罩在白色恐怖中，刚将阮乃纲从河源老家接来才一年左右，担心拖累家人，阮啸仙又让妻子带着阮乃纲回了乡。

1927年，中共五大在武汉举行，阮啸仙当选首届中央监察委员会候补委员。后来，阮啸仙接受党组织派遣，先后赴莫斯科、天津、内蒙古、辽宁、上海等地从事革命工作。

1933年年初，14岁的阮乃纲给父亲写了第一封信，阮啸仙收到后一遍遍告诉身边同志："我儿子长大了，会写信了……"当晚，他给儿子回了信，信中嘱咐阮乃纲孝敬母亲、好好学习、更加进步。

于是阮乃纲又给父亲写了第二封信，但迟迟没有收到回信。后来才知道，阮啸仙遇到了"最困难的时候"——党在上海的一些秘密机关连遭破坏，廖承志、邓中夏等人先后被捕。阮啸仙想方设法组织营救，但都失败了。直到几个月后，形势稍稍稳定，才抽空回了信。

收到这封回信，阮乃纲又写去第三封信，但从此音讯全无。许敏光介绍，1934年阮啸仙调任赣南，红军主力长征后，他留守下来领导游击战争，在一次与敌人作战时被流弹击中胸口，英勇牺牲。

贫病交加仍设法与党组织联系

阮钦彤回忆，阮啸仙烈士曾告诉家人，1931年前后，因为中共在上海的机关遭到敌人破坏，他与党组织失去了联系，贫病交加，一度不省人事，"后来百般无奈，他给家里写信，向亲友请求救济"。收到亲友凑来的100元钱后，他在第二年年初与党中央再度取得联系，找到组织。

河源市革命烈士纪念馆保存着这份信件的复印件，信中写道："与其身死他乡，沦为异地之鬼，以

贻乃祖乃家羞，何不汗颜乞怜于诸兄长之前……弟曾
计之：继续我本行（注：指中共中央机关）消息，以
三个月为限，必有收获……"

1933 年 10 月，党中央派他到中央苏区工作。前
方军事频繁，用粮吃紧。为了节省用粮，支援前线，
阮啸仙不顾自己体弱多病，仍同大家一样，参加苏区
每人节省三升米的活动。同志们照顾他的身体，都劝
他不参加节省活动，被他拒绝。

其间，在与家人的通信中，阮啸仙也嘱咐家人一
定要节俭，他写道："在家要节俭，一支火柴也来之
不易。"

从不以烈士后人自居

阮钦彤 64 岁，中等个头，头发有些花白，穿着
朴素的短袖、短裤，脚蹬一双旧拖鞋。他满脸笑意将
记者迎进门，站在门口，三室一厅、不到 90 平方米
的全房格局尽收眼底，墙面白色乳胶漆像新涂过的，
木制桌椅的颜色已有些暗沉。

"才把空调打开，聚聚凉气"，阮钦彤有些不好

意思，他平时基本不开空调，"费电，吹吹风扇就不
热了"。

阮钦彤说，自己的节俭是受父亲阮乃纲的影响。
"父亲一生节俭，过生日从不允许我们在外面摆酒席，
哪怕是七十大寿。我们提出来想办热闹些，也被他责
备，只好在家里做些简单的饭菜。"

阮乃纲就是在这栋旧房子和儿孙平平淡淡过了数
十年，直到离世。"他是爷爷阮啸仙的独子，从不以
烈士后人自居，也从未主动向组织上提出过任何要
求。平时喝喝茶、下下棋，不抽烟不喝酒，总是一副
自得其乐的样子。"

阮钦彤是阮乃纲的二儿子，他回忆，父亲阮乃纲
为人低调，很少向家人提起阮啸仙烈士的事迹。只在
逢年过节，一家人聚在一起，父亲才会和母亲闲聊，
只言片语提及阮啸仙。他们家里有条不成文的规定，
在外从不主动提及自己是烈士后人。

以曾祖父为榜样踏实走好自己的路

"我们兄弟姐妹几个都是平头老百姓，用爸爸的

话讲，一分一毫都是用自己的双手挣出来的"，阮钦彤告诉长江日报记者。

阮钦彤的哥哥原来在手表厂当工人，后来从厂里出来做服装生意，在商场租个小档口，在夜市推个流动摊位。姐姐在啤酒厂当工人，一直干到退休。妹妹原来在水果店当售货员，后来在私人企业当财务。

阮钦彤高中毕业后，分配进广州第三针织厂当裁缝，从学徒工做到熟练工，再做到车间二三十人班组的负责人，勤勤恳恳，直到 1998 年工厂倒闭，没两年，妻子所在的指甲钳厂也倒闭，一家人一时陷入困境。"父亲从没有动用自己烈士后人的身份去谋福利"，阮钦彤说。

后来，阮钦彤经亲戚介绍，在工地上谋得一份现场安全管理工作，一家人有了稳定的收入，一直干到 2013 年退休。

阮钦彤的儿子阮士君，现在中央审计署驻广州办事处工作。他在电话里告诉长江日报记者，自己最初知道曾祖父阮啸仙是革命烈士，是爷爷阮乃纲只言片语中提到的。"爷爷说得最多的是，让我们好好以曾祖父为榜样。曾祖父的事迹，让我明白现在的生活

来之不易。我希望自己继续踏实走好脚下路，踏实
工作。"

故居成爱国主义教育基地

为了寻找更多关于阮啸仙的故事，长江日报记者
从河源市区出发，驱车 30 公里抵河源市东源县义合
镇下屯村，阮啸仙故居就位于此。这是一栋三进院落
式客家民居建筑，颇有古韵。据介绍，这栋建筑始建
于清代，阮啸仙在此出生并度过童年、青少年时期。

故居内布置了不少展示阮啸仙烈士革命事迹的展
板，烈士照片、使用过的老物件也在展柜内一一排
开。2002 年 7 月，阮啸仙故居被定为省级重点文物
保护单位，2010 年被定为省爱国主义教育基地。

长江日报记者抵达时，偶遇一群志愿者在故居外
集结。他们头戴红帽、身着红背心，背心上写着"河
源理工学校志愿者"几个字。

领队刘贤军是河源理工学校机械制造教学部的老
师。他告诉长江日报记者，该校建校以来，一个传统
延续至今——每年入校的新生都会分批来到阮啸仙故

居进行志愿服务活动。

　　"阮啸仙烈士是河源地区最有影响力的革命先烈，他的爱国思想和事迹对青少年成长是最好的教材"，他介绍，这一批，共有120余名新生乘大巴车从市区来到烈士故居，学生们做卫生、拔草，再到附近孤寡老人家中探望。

阮啸仙精神品格
在一个岭南家庭传到第四代人

赴广州之前，我们在电话中与阮啸仙烈士之孙阮钦彤先期取得了联系。电话那头，阮钦彤一口带着浓郁广州味儿的普通话，言谈和气，平易近人。担心记者摸不着门，他特意将自家的详细地址通过短信发到记者的手机上。

6月初，记者抵达广州后发现，阮家住在一栋近40年房龄的老旧房屋的"负一层"。36℃的高温，加上突如其来的雷阵雨，他们家就如同处在地下室，潮热难耐。

面对面采访过程中，阮钦彤老人提到，他父亲阮乃纲是阮啸仙烈士的独子，但从不以烈士后人自居。在这间简陋的房子里，阮乃纲安享晚年，没有一句怨言。

其实，阮乃纲不是没有机会向政府提要求。身为烈士后人，逢年过节，总有省市各级领导到家里来慰问。面对"有没有什么困难"这样的询问，阮乃纲总是摇摇头："没有困难，都挺好的！"

阮乃纲对子女们也是这样。"兄弟姐妹几个都是普通工人，爸爸从没想用自己的烈属身份为我们谋福利。"

从阮啸仙到阮乃纲，传承的载体是两封家书。1933年，十几岁的阮乃纲给父亲阮啸仙写了两封信，都收到了回信。信中，阮啸仙告诫儿子要勤俭、多读书。阮啸仙牺牲后，阮乃纲瞒着母亲和家人，将父亲写给自己的两封信珍藏着，一直到新中国成立后，才把这珍贵的文物捐献给博物馆。

从阮乃纲到阮钦彤，传承的载体是3个笔记本。2010年，阮乃纲去世后，阮钦彤整理他的遗物，发现了3个笔记本。家人这才知道，平时话不多的阮乃纲，内心的情感有多么浓烈。

笔记本中，孙子阮士君考上大学、自己观看北京奥运开幕式，阮乃纲都写了诗词表达喜悦，然而，这些情感在家人面前却从没有表露。尤其是几首类似遗嘱的诗，都在嘱咐后人要勤勉踏实、清正做人。其中，一首《无题》最让阮家人感慨——

西去坦然疏牵挂，弥留戍语嘱儿孙。

勤劳自应遵前训，廉洁无忘守德行！

　　如今，阮钦彤已经将这3个笔记本交到下一代、他儿子阮士君手中。

　　阮啸仙烈士是第一任中央审计委员会主任，人民审计制度的创建者和奠基人。在阮家，对烈士的传承，也体现在职业选择上。2009年，曾孙阮士君顺利通过公务员考试，进入中央审计署驻广州办事处工作。

　　"在审计工作中，我最大的感受是，和平年代，忠诚是每个人立足自己的岗位敢作有为，干净就是能够踏实、不投机。"年轻一辈的阮士君，这样阐述自己对于忠诚和干净的理解。

（记者刘智宇）

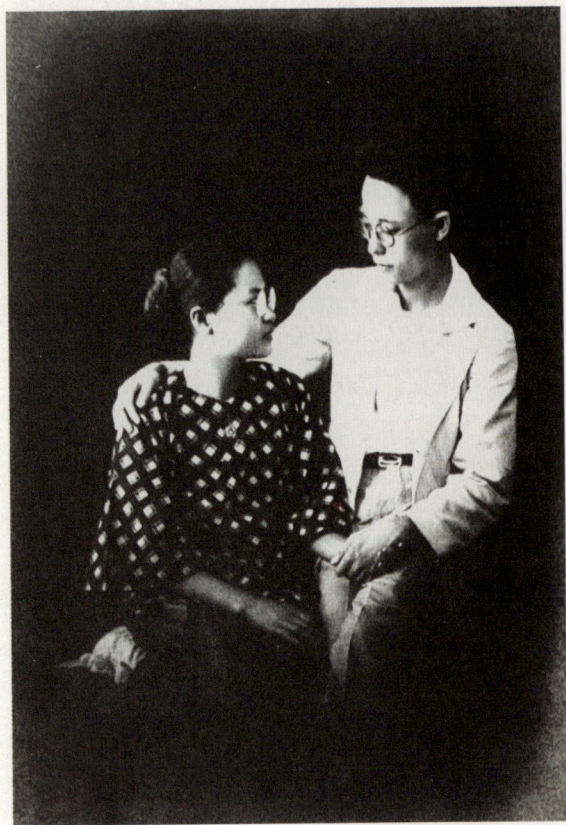

阮啸仙与妻子高恬波合影

118

广东河源市革命烈士纪念馆里阮啸仙（右一）与革命同志的合影

广东河源市东源县阮啸仙故居

附　录
首届中央监察委员会牺牲者

萧石月

1927 年 5 月 28 日，当选中央监察委员会候补委员仅 19 天后，牺牲在湖南蓝田的一次战斗中，时年 27 岁。

张佐臣

1927 年 6 月 29 日在上海总工会开会，由于叛徒告密而被捕。7 月 1 日，在上海龙华监狱英勇就义，时年 21 岁。

杨培生

1927 年 6 月 29 日在上海总工会开会，由于叛徒告密而被捕。7 月 1 日，与张佐臣一同就义于上海龙华监狱，时年 44 岁。

王荷波

1927 年 10 月 18 日，遭叛徒出卖在北京被捕。

11 月 11 日，就义于北京安定门外，时年 45 岁。

许白昊

1928 年 2 月 16 日在上海开会时，因叛徒告密被捕。6 月 6 日，就义于上海龙华监狱，时年 29 岁。

蔡以忱

1928 年 7 月中旬，在湖南澧县准备发动革命暴动时，因叛徒出卖被捕，不久后在澧县就义，时年 32 岁。

杨匏安

1931 年 7 月 25 日，因叛徒出卖，在上海被捕。8 月，在上海龙华监狱被秘密杀害，时年 35 岁。

阮啸仙

1935 年 3 月，在指挥红军游击队与敌人战斗时，被流弹袭击，在江西信丰壮烈牺牲，时年 38 岁。

后 记

　　建党 96 周年前夕，2017 年 6 月 29 日，长江日报推出大型策划报道"用生命诠释忠诚——追寻首届中央监察委员会八烈士精神"，以 10 个报纸版面，并通过微信、头条号等新媒体平台，集中呈现王荷波、杨匏安、许白昊、张佐臣、蔡以忱、杨培生、萧石月、阮啸仙等 8 位烈士对党忠诚、为信仰牺牲的革命事迹和精神。

　　报道引起强烈社会反响。长江日报编辑部在报道的基础上，充实内容，编辑成书。

　　本书主要内容，由蒋太旭、欧阳春艳、万建辉、周满珍、黄征、宋磊、汪文汉、刘智宇、鞠頔共 9 位长江日报记者采写，长江日报记者胡九思、任勇、胡冬冬、李葳、刘斌等拍摄照片，刘敏、陈丹、刘功虎、张凡、周建华等进行统筹，中共五大会址纪念馆提供了采访帮助。本书出版得到人民出版社的大力支持。

组稿编辑：刘永红
责任编辑：李媛媛
封面设计：周方亚
责任校对：夏玉婵

图书在版编目（CIP）数据

用生命诠释忠诚：首届中央监察委员会牺牲者寻访／长江日报
　编辑部 著 . —北京：人民出版社，2017.9
ISBN 978－7－01－018134－9

Ⅰ.①用… 　Ⅱ.①长… 　Ⅲ.①新闻报道－作品集－中国－当代　Ⅳ.① I253

中国版本图书馆 CIP 数据核字（2017）第 216128 号

用生命诠释忠诚
YONG SHENGMING QUANSHI ZHONGCHENG
——首届中央监察委员会牺牲者寻访

长江日报编辑部　著

人民出版社 出版发行
（100706　北京市东城区隆福寺街 99 号）

北京盛通印刷股份有限公司印刷　新华书店经销

2017 年 9 月第 1 版　2017 年 9 月北京第 1 次印刷
开本：710 毫米 ×1000 毫米 1/16　印张：8.25
字数：100 千字

ISBN 978－7－01－018134－9　定价：30.00 元

邮购地址 100706　北京市东城区隆福寺街 99 号
人民东方图书销售中心　电话：(010) 65250042　65289539